月光落在左手上

余秀华 著

北京出版集团
北京十月文艺出版社

新经典文化股份有限公司
www.readinglife.com
出 品

恰巧阳光正好，照到坡上的屋脊，照到一排白杨
照到一方方小水塘，照到水塘边的水草
照到匍匐的蕨类植物。照到油菜，小麦

——《横店村的下午》

※ 本书图片均出自纪录片《摇摇晃晃的人间》。图片中的荷塘、山冈、田野、麦田、老屋，这些余秀华笔下白描的乡村景象，随着新农村建设的进行，已荡然无存。

多年来，我想逃离故乡，背叛这个名叫横店的村庄
但是命运一次次将我留下，守一栋破屋，老迈的父母
和慢慢成人的儿子

——《你只需活着》

书信依旧未至。院子里的桐树落完了叶子
寒蝉凄切。
我还是喜欢在大片的叶子上写字,比米粒还小的
而爱,还是那么大,没有随我不停矮下的身体
矮下去

——《秋》

的确有水从四面八方涌来,向四面八方散去
我在水里小幅度地摇摆
把一些词语光亮的部分挑在草尖上

——《一潭水》

作为一个农人,我羞于用笔墨说出对一颗麦子的情怀
我只能把它放在嘴里
咀嚼从秋到夏的过程

——《五月·小麦》

离开村庄,我觉得还能走很远
没有低悬的云朵挡住我的去路
也没有另外的村庄指引我的方向

——《迎着北风一直走》

快四十年了,我没有离开过横店
横店尾部很轻的方言,如风线下沉
一个人就是一个下沉的过程,包括庄稼,野草,兔子
和经过村庄的云

——《晚安,横店》

目 录

i 代序 余秀华：让我疼痛的诗歌

辑一

2 我爱你
3 我养的狗，叫小巫
5 向天空挥手的人
6 下午，摔了一跤
7 清晨狗吠
8 面对面
10 我身体里也有一列火车
12 一个男人在我的房间里待过
14 与一面镜子遇见了
16 关系
18 后山黄昏
20 蠕动

21	给油菜地灌水
22	木桶
24	茧
26	关系
27	手持灯盏的人
28	子夜的村庄
30	不要赞美我
32	打开
34	荒漠
36	一只乌鸦正从身体里飞出
38	横店村的下午
39	烛光
42	2014
43	漏底之船
45	站在屋顶上的女人
47	月色里的花椒树
49	是否就这样无理想地生活
51	少年
53	你的眼睛
55	横店村的雨水

辑二

58　一潭水

59　雨落在窗外

60　晚安,横店

62　莫愁街道

64　蛤蟆

66　源

68　听一首情歌

70　风吹虚村

72　唯独我,不是

74　在田野上打柴火

75　日记:我仅仅存在于此

77　苟活

79　五月之末

80　月光

81　浮尘

82　夜晚

83　渴望一场大雪

85　每个春天,我都会唱歌

87　人到中年

88　在黄昏

90　经过墓园

91　五月·小麦

93　一包麦子

94　麦子黄了

96　我想要的爱情

97　夜色落下八秒钟

98　引诱

99　五月

100　我们很久不见了

102　出口

103　梦见雪

104　下午

106　我还是想

108　来世，让我做你的邻居吧

110　下着雨的春夜

112　你陪伴着我

辑三

130　我以疼痛取悦这个人世

131　在村子的马路上散步

132　岔路镇

133　在风里

134　雪

136　一朵野百合只信任它的倒影打开的部分

138　我知道结果是这样的

139　一只水蜘蛛游过池塘

140　你没有看见我被遮蔽的部分

142　在湖边散步的女人

143　一只乌鸦在田野上

145　平原上

147　那么多水，汇集

149　清明祭祖

151　在横店村的深夜里

153　你我在纸上

154　风从草原来

155　栀子花开

157　无题

158　五月，请让我蓝透

159　青青阶上草

161　白月光

162　神赐的一天

163　秋

164　请原谅，我还在写诗

165　九月，月正高
167　黄昏里
169　深夜的两种声音
170　阔叶林
172　床
174　感谢
175　生活的细节在远方回光照我
176　初冬的傍晚
177　迎着北风一直走
178　葵花小站
180　多么幸运，折断过我的哀伤没有折断过你
182　像风里的恍惚和叹息

辑四

186　婚姻
187　冬天里的我的村庄
189　背景
190　赞美诗
192　今夜，我特别想你
194　每一个时辰都是孤独的
196　我想迟一点再写到它……

197　而夜晚
199　在秋天
200　深秋
201　再见，2014
203　一直走
204　张春兰
206　低矮
207　给宝儿的一封短信
208　一只飞机飞过
209　下雪了
211　你只需活着
213　春雪
214　黎明
216　掩埋
218　战栗
220　去凉州买一袋盐
221　那个在铁轨上行走的女人
223　青草的声音
225　美好之事
227　晴天
228　月光这么白
229　"我们总是在不同的时间里遇见"

231　徒有爱
233　在棉花地里
234　一朵菊花开过来
236　悬石
237　致
239　天黑了，雨还在下
241　山民
242　霜降
243　呼伦贝尔
244　蔚蓝
245　风吹
246　荡漾
247　戒酒辞
248　我想这样和你一起生活
250　离我最近的是雨声
251　再致

253　跋　摇摇晃晃的人间

代序　余秀华：让我疼痛的诗歌

沈睿

　　昨晚睡前看了一眼微信，一个朋友转了《诗刊》推荐的一位诗人，题目是《摇摇晃晃的人间——一位脑瘫患者的诗》，题目刺眼，让人不舒服，不知道写诗与脑瘫有什么关系，我一边想一边看照片，照片中这位女性站在田野上，脸色坚毅，姿势倔强，背后是金黄的油菜花，绿色的农田或野草，小树细弱，枝叶还算繁茂，这位身穿黄绿色套头衫黑短裙的女性——看起来相当年轻好看的诗人与背景连成一体，暗示着她的日常生活背景。

　　我接着看诗：

我爱你

巴巴地活着，每天打水，煮饭，按时吃药

代序

二

阳光好的时候就把自己放进去,像放一块陈皮
茶叶轮换着喝:菊花,茉莉,玫瑰,柠檬
这些美好的事物仿佛把我往春天的路上带
所以我一次次按住内心的雪
它们过于洁白过于接近春天

在干净的院子里读你的诗歌。这人间情事
恍惚如突然飞过的麻雀儿
而光阴皎洁。我不适宜肝肠寸断
如果给你寄一本书,我不会寄给你诗歌
我要给你一本关于植物,关于庄稼的
告诉你稻子和稗子的区别

告诉你一棵稗子提心吊胆的
春天

  这么清纯胆怯美丽的爱情诗!我被震动了。我接着往下读,一共十首诗,我看了第一遍,第一个感觉就是天才——横空出世的一位诗人在我们的面前,她写得真的好。我又读了一遍,一个字一个字地读,读完了,我

在床上坐直了,立刻在微信上转这位女诗人,并写:这才是真正的诗歌!

我以疼痛取悦这个人世

> 当我注意到我身体的时候,它已经老了,无力
> 　回天了
> 许多部位交换着疼:胃,胳膊,腿,手指
>
> 我怀疑我在这个世界作恶多端
> 对开过的花朵恶语相向。我怀疑我钟情于黑夜
> 轻视了清晨
>
> 还好,一些疼痛是可以省略的:被遗弃,被孤独
> 被长久的荒凉收留
>
> 这些,我羞于启齿:我真的对他们
> 爱得不够

什么是诗歌?怎么写诗?余秀华在这十首诗的后面

有一个简短的自我介绍并回答这个问题："我从来不想诗歌应该写什么,怎么写。当我为个人的生活着急的时候,我不会关心国家,关心人类。当我某个时候写到这些内容的时候,那一定是它们触动了,温暖了我,或者让我真正伤心了,担心了。"

我一遍又一遍地读她的诗,体验语言的力量与感情的深度。对她实在好奇,在网上搜索她,我查到了她的博客,博客里全是诗歌。我开始读,一发不可收拾,好像走进了斑斓的秋天的树林,每一片叶子都是好诗,都凝聚着生活的分量,转化成灿烂的语言,让你目眩,让你激动得心疼,心如刀绞,让你感到心在流血——被诗歌的刺刀一刀刀见红。

我一篇一篇地读下去,我再也无法睡觉,我被余秀华的诗歌——她的永恒的主题:爱情,亲情,生活的困难与感悟,生活的瞬间的意义等感动、震动,读得直到累了,在网上看看有没有她的新闻。有,两三条,都是上个月的,上个月她来到北京,在人民大学朗诵,所以有人开始关注她。

我觉得余秀华是中国的艾米莉·狄金森：出奇的想象，语言的打击力量，与中国大部分诗人相比，余秀华的诗歌是纯粹的诗歌，是生命的诗歌，而不是充满华丽装饰的客厅。她的诗歌是语言的流星雨，灿烂得你目瞪口呆，感情的深度打中你，让你的心疼痛。如《诗刊》编辑刘年所说："她的诗，放在中国女诗人的诗歌中，就像把杀人犯放在一群大家闺秀里一样醒目——别人都穿戴整齐、涂着脂粉、喷着香水，白纸黑字，闻不出一点汗味，唯独她烟熏火燎、泥沙俱下，字与字之间，还有明显的血污。"我不太苟同刘年先生的"血污"说，但余秀华的诗歌是字字句句用语言的艺术、语言的力量和感情的力度把我们的心刺得疼痛的诗歌。

于我，凡是不打动我的诗歌，都不是好诗歌，好诗歌的根本标志是：我读的时候，身体疼痛，因为那美丽的灿烂的语言，因为那真挚的感情的深度，无论写的是什么。余秀华出生的时候因为医生的失误导致脑部部分瘫痪，肢体不便，但她的精神却高高飞扬。我不认同什么"脑瘫诗人"，要是这样我们是不是该管某个身体有疾病的诗人叫"高血压诗人"？这样介绍余秀华，反映了缺乏基本的对身体有挑战的人的尊重与理解。

余秀华的诗歌绝不是矫揉造作的——今天我收到了米家路教授编辑的《四海为诗：旅美华人离散诗精选》，里面也收录了我的诗。看我自己的诗，比余秀华的差远了，突然不好意思，怎么把这种诗歌拿出来呢？但读读中国当代诗歌，突然觉得，自己总还是有真情，每首诗写的还是真的感情，很多诗人写的都是假感情呢。这个世界里有很多乔装打扮的诗人，不知他们干吗要冒充诗人，把语言弄得前不着天后不着地的，把毫无关系的东西放在一起，毫无感情或语言逻辑，以为就是诗歌呢。

还是看余秀华吧。

这是她向 2014 年歌唱般的告别：

像在他乡的一次拥抱：再见，我的 2014
像在他乡的最后告别：再见，我的 2014

我迟钝，多情，总是被人群落在后面

他们挥手的时候,我以为还有可以浪费的时辰

我以为还有许多可以浪费的时辰
2014如一棵朴素的水杉,落满喜鹊和阳光

告别一棵树,告别许多人,我们再无法遇见
愿苍天保佑你平安

而我是否会回到故乡
——一个没有故乡的人,怀揣下一个春天

下一个春天啊,为时不远
下一个春天,再没有可亲的姐姐遇见

但是我谢谢那些深深伤害我的人们
也谢谢我自己:为每一次遇见不变的纯真

沈睿:学者,研究领域为女权主义思想、中国女性文学。美国俄勒冈大学比较文学博士,现为美国莫尔豪斯学院(Morehouse College)教授,中国研究项目主任。出版过散文集《假装浪漫》(2009)《荒原上的芭蕾》(2010)《想象更美好的世界》(2012)《一个女人看女人》(2015)等。

辑一

我爱你

巴巴地活着,每天打水,煮饭,按时吃药
阳光好的时候就把自己放进去,像放一块陈皮
茶叶轮换着喝:菊花,茉莉,玫瑰,柠檬
这些美好的事物仿佛把我往春天的路上带
所以我一次次按住内心的雪
它们过于洁白过于接近春天

在干净的院子里读你的诗歌。这人间情事
恍惚如突然飞过的麻雀儿
而光阴皎洁。我不适宜肝肠寸断
如果给你寄一本书,我不会寄给你诗歌
我要给你一本关于植物,关于庄稼的
告诉你稻子和稗子的区别

告诉你一棵稗子提心吊胆的
春天

2014年1月13日

我养的狗,叫小巫

我跛出院子的时候,它跟着
我们走过菜园,走过田埂,向北,去外婆家

我跌倒在田沟里,它摇着尾巴
我伸手过去,它把我手上的血舔干净

他喝醉了酒,他说在北京有一个女人
比我好看。没有活路的时候,他们就去跳舞
他喜欢跳舞的女人
喜欢看她们的屁股摇来摇去
他说,她们会叫床,声音好听。不像我一声不吭
还总是蒙着脸

我一声不吭地吃饭
喊"小巫,小巫"把一些肉块丢给它
它摇着尾巴,快乐地叫着

他揪着我的头发,把我往墙上磕的时候
小巫不停地摇着尾巴
对于一个不怕疼的人,他无能为力

我们走到了外婆屋后
才想起,她已经死去多年

           2014 年 1 月 23 日

向天空挥手的人

在喂完鱼以后,南风很大,大朵大朵的蓝被吹来
她看了一会儿鱼。它们在水里翻腾,挤压,一条
　鱼撞翻
另外一条
一朵浪撞翻另外一朵
如果在生活里,这该引起多大的事件
如果在爱情里,这会造成怎样的绝望
一定有云朵落在水里面了,被一条鱼喝进去了

如同此刻,悲伤落在她身上,被吸进了腹腔
或者那悲伤只因为南风大了,一个人还没有经过
她喂完了鱼,夕光缓慢了下来
风把她的裙子吹得很高,像一朵年华
随时倾塌

突然,她举起了手,向天空挥动
一直挥动。直到一棵树把她挡住

辑一

下午,摔了一跤

提竹篮过田沟的时候,我摔了下去
一篮草也摔了下去
当然,一把镰刀也摔下去了
鞋子挂在了荆棘上,挂在荆棘上的
还有一条白丝巾
轻便好携带的白丝巾,我总预备着弄伤了手
好包扎
但十年过去,它还那么白
赠我白丝巾的人不知去了哪里
我摔在田沟里的时候想起这些,睁开眼睛
云白得浩浩荡荡
散落一地的草绿得浩浩荡荡

清晨狗吠

客人还在远方
而露水摇摇晃晃,在跌落的边缘
它急于吐出什么,急于贩卖昨夜盗取的月光
急于从没有散尽的雾霭里,找到太阳的位置
这只灰头土脑的狗

客人还在远方
庭院里积满了落叶,和一只迷路的蝴蝶
它在屋后叫唤,边叫边退
仿佛被一只魂灵追赶
仿佛它倒悬的姿势惊吓了它

我想起有多少日子耽于薄酒
那时候它歪着头看着我
我踹它:你这死物

面对面

就剩我和他了,许多人中途离场。许多羊抵达了
　　黄昏的草场
而风也静下去了,我的裙角仿佛兜起了愁苦
低垂,慌张。不,一些事情我一定要问清楚
你看,就剩我和他了

你曾经控告我:说我半夜偷了你的玫瑰
把一匹马的贞洁放进了井里。哦,你说你坍塌的
　　城墙
有我攀爬的痕迹
你说如果不是把心放在保险柜里,你如今都缺了
　　一部分

你说:我就是那个女匪吗?
你说我绑架过你吗,在你口渴的时候,我不曾想
用我的血供奉你吗

你说我为此荒芜的青春有人偿还不

他不说话
他扭过头去,一言不发

我身体里也有一列火车

但是,我从不示人。与有没有秘密无关
月亮圆一百次也不能打动我。月亮引起的笛鸣
被我捂着
但是有人上车,有人下去,有人从窗户里丢果皮
和手帕。有人说这是与春天相关的事物

它的目的地不是停驻,是经过
是那个小小的平原,露水在清风里发呆
茅草屋很低,炊烟摇摇晃晃的
那个小男孩低头,逆光而坐,泪水未干
手里的一朵花瞪大眼睛
看着他

我身体里的火车,油漆已经斑驳
它不慌不忙,允许醉鬼,乞丐,卖艺的,或什么
领袖

上上下下
我身体里的火车从来不会错轨
所以允许大雪,风暴,泥石流,和荒谬

一个男人在我的房间里待过

两支烟蒂留在地板上了,烟味还没有消散
还没有消散的是他坐在高板凳上的样子
跷着二郎腿
心不在焉地看一场武术比赛

那时候我坐在房门口,看云,看书
看他的后脑勺
他的头发茂密了几十年了,足以藏下一个女巫
我看他的后脑勺,看书,看云

我看到堂吉诃德进入荒山
写下信件,让桑乔带走,带给杜尔西内亚
然后他脱光衣服
撞击一块大石头

武术比赛结束,男人起身告辞

我看到两根烟都只吸了一半就扔了
不由
心灰意冷

与一面镜子遇见了

我的身体倾斜,如瘪了一只胎的汽车
所以它随时会制造一场交通事故,为此得准备大篇的
说辞,证词。以及证供下来后的水和营养
——这样的事情总是搞得我虚脱。虚脱让人产生遗忘
所以,另一场车祸不远了

我的嘴也倾斜,这总是让人不快
说话和接吻都不能让它端正一些。有人说接吻的地方不对
它喜欢那些发光的额头
那些高地容易产生并储存雷电
不定什么时候给你一下子

没有这面镜子,世界该是公允的了

就是说,没有那个人,世界就是公允的
遇见他,我就喜欢在这镜子前徘徊,如一个傻子,
　　一个犯病者
结果我不停地撞上去
知道自己是死在哪里,却不肯写一个
验尸报告

关 系

横店！一直躺在我词语的低凹处,以水,以月光,
　　以土
爱与背叛纠缠一辈子了,我允许自己偷盗
出逃。再泪痕满面地回来
我把自己的残疾掩埋,挖出,再供奉于祠庙
或路中央
接受鞭打,碾压

除此以外,日子清白而单薄,偶尔经过的车辆
卸下时光,卸下出生,死亡,瘟疫
和许多小型聚会
有时候我躺在水面之下,听不到任何声音
有时候深夜打开
我的身体全是声音,而雨没有到来

我的墓地已经选好了

只是墓志铭是写不出来的
这不清不白的一生，让我如何确定和横店村的
关系

后山黄昏

落日温暖。坐在土丘上看下去就是流水
一个孩子走下去,就能在水里清洗暮年
这样真好,风筝和蝴蝶都有去向
一头啃草的牛反而如同一个插曲

如果硬要找出一个不同的日子
就是今天了。土丘上长出一个新坟
乌鸦们慌张了一会儿,纷纷落下来
草继续枯黄

不管厚土多厚,一个人走进去
总是很轻
以前的讨价还价形同玩笑
不停地运动嘴唇,以为能把生活嚼烂

一个人坐到满天星宿,说:我们回去

一棵草怔了很久
在若有若无的风里
扭动了一下

蠕动

早饭以后,我总是走到村里去
再走回来

有时候停留一会儿,有时候不停留
有时候我希望遇见我暗恋的一个人,有时候希望
不遇见

放慢脚步。就会拉长这一段路途
我看见路边的一棵芦苇,向南,第二根,第三根……
平原这个时候很深

比如今天,回来的时候风突然大了
鱼池的水拍打堤岸,弄出一个个白花花的小浪花

我是那么接近冬天
像一场小雪蠕动

给油菜地灌水

后来,他们争吵起来,她埋怨他不肯出力
他说她只会唠叨
中午,阳光辣着背了。拴在水管上的两顶草帽小
　得烫人
六十年的光阴没有让他们膨胀
一只麻雀飞过,影子覆盖了一个帽顶,又覆盖了
　一个帽顶
没有时间留意

"你这样不能把日子的雪掸掉"
而形式是必须的,紧紧裹住了一颗皱巴巴的核
且不说经得起推敲的过程,盲目和宽容
白杨树多余的一枝伸了过来,他知道砍掉
是最好的修饰
你小心不要把镰刀又砍出一个豁
——她还是啰唆了一句

木 桶

唯一能确定的是,她曾经装下了一条河流
水草,几条鱼,几场大风制造的漩涡
还有一条船,和那个妖女昼夜不息的歌声

中午,在河边捶衣服的时候
她不再看河水里的倒影。也不再猜想几千年前
河流上源那个腰肢纤细的女人
怎样把两个王朝装在她的左右口袋里
在这么热的中午,她如何让自己袖口生香呢

最初,她也以杨柳的风姿摇摆人生的河岸
被折,被制成桶,小小巧巧的,开始装风月
桃花,儿女情长,和一个带着酒意的承诺

儿女装进来,哭声装进来,药装进来
她的腰身渐渐粗了,漆一天天掉落

斑驳呈现

而生活,依然滴水不漏
她是唯一被生活选中的那一只桶

茧

埋你,也埋你手上的茧
这茧你要留着,黄泉路又长又冷,你可以拨弄来玩
如果你想回头,我也好认得

爸爸,作茧自缚,你是知道的
但是你从来不说出
对生活,不管是鄙夷或敬重你都不便说出来

作为儿女,你可以不选择
作为儿女,我一辈子的苦难也不敢找你偿还
埋你的时候,我手上有茧

作为一根草,我曾经多少次想给你
一个春天
不赞你以伟大,但愿你以平安

不会再见了,爸爸,再见
一路,你不要留下任何标志
不要让今生一路跟来

关 系

你一定说是水,我在鱼和水草间为难
雨季过后,长久干涸
在灰土里唱歌的人,裙角无风
你左耳失聪后
我轻易就能进入每一种植物,包括草药
作为药引和药渣,苦味都不够
而作为一颗糖,甜又不够
早晨的时候,我们同时出门
天气变化了几个省份,我不相信你
走失的信息
但是风一定会吹过黄昏
我们同葬于泥土,距离恒定

手持灯盏的人

她知道黄昏来临,知道夕光猫出门槛
知道它在门口暗下去的过程
也知道一片秧苗地里慢慢爬上来的灰暗
她听到一场相遇,及鼻青脸肿的过程
她把灯点燃

她知道灯盏的位置,知道一根火柴的位置
她知道一个人要经过的路线以及意乱情迷时候的危险
她知道他会给出什么,取走什么
她把灯点燃

她是个盲女,有三十多年的黑暗
每个黄昏,她把一盏灯点燃
她把灯点燃
只是怕一个人看她
看不见

子夜的村庄

此刻,一定有一盏灯火照着你的想象
一定有一个失意的女人在一张信纸上踌躇
那个村庄多么不容易被你想起
且在这风雨绵绵的夜里

女人显然不会回你的信了
对于男人的质问她也无法启齿
——他们的孩子在水池里,尸体打捞起来了
女人心意已决,但是无法开口

男人在北京。十年了,男人不知道
女人的乳房有了肿块
男人总是说:你是我的
男人在洗脚城打电话的时候这样说了

女人在孩子的坟墓前沉默,整夜流不出一滴泪

村庄荒芜了多少地,男人不知道
女人的心怎么凉的
男人更不知道

不要赞美我

不要赞美我,在春天,在我少年和年富力强的时候
纵使美不能诱惑我,还是希望你放在心底

如果爱,就看着我,一刻不停地看着我
我首先袒露了眼角的皱纹

当然还有一块核桃般的心
在春天过后的一棵树上,你多跳几次就够着了

其实我想说的是,黄昏里,我们一起去微风里的田野
看蒲公英才黄起来的样子
和那些草,用云朵搽过身体的样子

那时候,我不用回头,总相信
你一直在我身后

我需要你以这样的姿势歌颂和我在一起的日子
不说我聪明,多情或者善良
偶尔说一句:你这个傻女人啊

       2014 年 3 月 14 日

打 开

油菜花开了?
是的,大片大片地开了,不遗余力地开了
可是我的腰还是疼,她说。

哦,我小小的女人,拨亮灯盏在木门前徘徊
而我从来不怀疑,那些疼一定预先光顾了我的
　院子
我只是不动声色,像一个纵火犯脚底留着火星子
　等待结局

亲爱的,我们身体里的地图有没有人知道
巴图的坟墓都会打开
那个年轻的法老经不起这香味的蛊惑

哦,我小小的女人,在这亘古的时间里
我只拿一朵花请求打开你,打开一条幽谧的河流

看你倒映着的容颜,天啊,这是一个以谜底为谜
  面的谜语

你就为我,为我留在今天
我信任的,再不会流逝的今天

                    2014 年 3 月 15 日

荒 漠

我习惯了原谅自己的荒谬,而不知道把它们
推给了谁
一个能够升起月亮的身体,必然驮住了无数次
　日落
而今我年事已高,动一动就喘
在这个又小又哀伤的村庄里,没有庙宇的村庄

只是信仰能够把我带去哪里
在一个湿润的春天里原谅迷路的盗窃犯
我用诗歌呼唤母亲,姐姐,我的爱人
他们在河对面

我不想投机取巧地生活,写诗
它们踩在我身上,总是让我疼,气喘吁吁
当然死亡也是一件投机取巧的事情
月亮升起来的时候

它又一次动了凡心

2014 年 3 月 22 日

一只乌鸦正从身体里飞出

如同悖论,它往黄昏里飞,在越来越弱的光线里
　　打转
那些山脊又一次面临时间埋没的假象
或者也可以这样:山脊是埋没时间的假象
那么,被一只乌鸦居住过的身体是不是一只乌鸦
　　的假象?

所有的怀疑,不能阻挡身体里一只飞出的乌鸦
它知道怎么飞,如同知道来龙去脉
它要飞得更美,让人在无可挑剔里恐惧
一只乌鸦首先属于天空,其次属于田野
然后是看着它飞过的一个人

问题是一只乌鸦飞出后,身体去了哪里
问题是原地等待是不是一种主动的趋近
问题是一只乌鸦飞出以后,再无法认领它的黑

——不相信夜的人有犯罪的前科

最后的问题是一副身体不知道乌鸦
飞回来的时刻

         2014 年 4 月 21 日

横店村的下午

恰巧阳光正好,照到坡上的屋脊,照到一排白杨
照到一方方小水塘,照到水塘边的水草
照到匍匐的蕨类植物。照到油菜,小麦

光阴不够平整,被那么多的植物分取
被一头牛分取,被水中央的鸭子分取
被一个个手势分取
同时,也被我分取

我用分取的光阴凑足了半辈子
母亲用这些零碎凑足了一头白发
只有万物欢腾
——它们又凑足了一个春天

我们在这样的春天里
不过是把横店村重新捂热一遍

2014 年 4 月 28 日

烛 光

1

你一定给了我黄昏,更深的夜晚
夜色里你是行动敏捷的人
没有你不熟悉的村庄,没有你不熟悉的坟墓
包括一只田鼠的路线
那时候我一定慌里慌张
点不燃火,打不上来水
清楚地看到你手里的得数,却还是错位了
小数点

2

我承认我有蓄意私放你的嫌疑
多年来,你改名换姓,用着不义之财
我需要你忘记忏悔地活着

打麻将,泡姑娘,桥头春色不减
人间多美好。
但是你没有盗走的半截蜡烛
我总是在白天点燃
怎么也燃不完

3

久别无悲伤。其实一说到悲伤
满山都绿
我是一个没有来处水袖长飘的女人
老是老了
只有眼睛能窝住一湖水
我不停地跳,桃花不停地落,雪花不停地飘
结局处,我一定伏在地上
风浮动长发

4

人世间毕竟有和你相像之人

我也有跟踪他的权利。如同暮色淹没我的权利
曾经在你身上找到的家
我取一盏灯
他不会回头了,不会如同你曾经相问:
小姐,四月可远否?

5

真的
我已经忘记了人生的摇曳之态

2013 年 12 月 8 日

2014

风从南来。这里的小平原,即将升腾的热空气
忍冬花将再一次落上小小的灰麻雀
信件在路上,马在河边啃草
——我信任的。
也包括这中年的好时光,端一杯花茶去一棵树下
迷恋这烟草年华
然后就是小小的悲悯,不轻不重的
我承认这不停的轮回里也有清澈的沉淀
我无所期待,无所怠慢
如果十月安慰我,就允许五月烫伤我
时光落在村庄里,我不过是义无反顾地捧着
如捧一块玉
身边响起的都是瓦碎之音

漏底之船

历史无法追溯的秘密或根源
以一场大雪省略了谎言的麻烦

四十年,它一次次被大一点的浪赶回浅水区
与鱼虾为戏
它也擅长捕捉风,风中之言,杯中之蛇

它不过是承受了两种虚无
一种是从它身体漏到湖里的星空
一种是从它的身体外漏到身体内的鱼儿

星空还是星空,鱼儿不知去向
鱼儿也不知道他曾经来过
在一条船里留下痕迹

只有它自己承认它还是一条船

在荒芜的岸
有着前世的木性，今生的水性

2013 年 12 月 23 日

站在屋顶上的女人

这是下午,一群水鸟白在微风里的下午
一水芦苇提心吊胆在飘零前的下午
一只喜鹊站在白杨树上的下午
一个橘子遗忘在枝头的下午
这是一个女人的下午,站在屋顶上
看微光浮动的下午

她看见大路上的人来来往往
没有人看见她
她听见他们大声地或小声交谈
没有人知道她听见
她计算着一个人从人群里走出来对她挥手
没有人知道她在计算

在她生活了一辈子的村庄里
她又一次觉得

与天空这么近

2013 年 12 月 29 日

月色里的花椒树

1

月光流到哪里是哪里,包括它的几个暗疤
月光流不流动都一样,堵不住风的虫孔,触角不
　长的流言
月光里有雪的消息,它淡淡的
雪是年岁里的谎言,埋不住它
而月光越来越白,像要说话。听不听
全凭一种心情

2

要说人间烟火,就是没有掉落的一串花椒
细小的子弹,不容易上进枪膛
这尖锐的鄙夷:被用惯了的酸甜苦辣
要说人间之外,也是没有掉落的一串花椒

被放逐的修行
和一棵树保持一生的默契

3

荒芜的山坡,混迹于各种树,各种方言
它的芬芳要求领悟,要求你在稠密的利刺间
找到发光的箴言
它就是一棵花椒树,夜色宽广
它的香飘出去,就回不来

2014年1月3日

是否就这样无理想地生活

横店村的丝瓜藤开满黄花
你等这花结出瓜,你等这瓜老为瓢

你等暮色滑进横店村,拉开房间里的灯
等灯熄灭,等梦潜来
一只蝴蝶如何进入一个丝瓜的内部
像一个密探或者特务

谁不是窃取生活的人呢?
谁又不是被生活所劫?

可是
我们免不了成为有理想的人

像出门前,把身上的灰拍下来
你在一个动作里出卖了的和完成了的

只剩下虚空的句子

风一样卷着晾晒着的旧衣裳
今天去老房子的时候
看到我曾经用过的一个电脑键盘
丢在干枯了的月季树边

少 年

他要翻山追一只蝴蝶
他的白球鞋脏了
衬衫也有汗渍

那时候的家在乡村,竖着炊烟
横着鸟鸣
那时候他不知道将来会有一个年老的爱人

他在田野上跑,带着风
他在天空里跑,携着云
那是一只青翠的蝴蝶,生于童年的水

那时候他不相信自己会长大
他要翻山去追一只蝴蝶
他不知道一个中年人梦见过他
中年人老了,又一次梦见了他

他不知道跑过的路
蜷缩在一个球里
不久后,他就扔了它,让它一年年堆积灰尘

你的眼睛

是这湖水,是这湖水里最清的一脉
是这映了日月又映了星辰的一脉

这湖水千载,手持经书的先生饮过
达官贵人饮过,落魄穷倒之人也饮过

——如你一生里,每一次相逢的美酒和鸩毒
每一次别离的沮丧和爱恋

此刻,风抚水为浪,水汽千里而来
氤氲着我

此刻,我化身为鱼,为只为不在这斑斓星辰里
受溺亡之苦

原谅我。原谅这相逢的喜悦和悸动

愿日子久长,它们成轻风,成细雨

那时候我们哪怕别离
也有了和相逢时候一样的柔情

愿这湖水千年,映照清风朗月
愿你一生所得,皆为你所愿

         2020 年 02 月 24 日

横店村的雨水

半生已逝。雨水还想清洗出一个好黎明
重叠在尘土里的脚印都流进了低处的沟渠

承接过月色,芦苇,野鸭的沟渠
在一场雨水里有它摇晃的弧度

那个在黄昏里举酒独行的人
我爱她。如爱从低处往高处飞的蒲公英

如果一个女人不提到爱就好了
她的悲伤在麦子收割后的田野上流淌

薄如蝉翼
却捅不破

这浑浊的世界到了横店村就干净起来
以便这里的人看到清晰的灭亡

2017 年 6 月 5 日

辑二

一潭水

这是我喜欢的时刻：黄昏深了一些，夜色尚浅
我的灵魂如此清澈，在树叶上滚动
一灯一影，我如此赤裸裸地活着，影子可以更长些
留一部分供养阴影
的确有水从四面八方涌来，向四面八方散去
我在水里小幅度地摇摆
把一些词语光亮的部分挑在草尖上
我喜欢被诗句围困，再呕心沥血找一条出路
我被什么疼爱着，不弃不离
然而它不会流动
不会在一首歌里找到一座山的峰
我们的羊群还小，叫声柔嫩。我们离夏天的果实
还有百步之遥
我们活着，总会有许多这样的时刻
看到自己一直忽略的部分

2014 年 2 月 1 日

雨落在窗外

但是我依旧待在被烘干的地方,喝完一瓶酒
把瓶子倒扣,推倒,扶正
再倒扣
窗外的雨忽略着我:一滴抱着一滴,落下
一滴推着一滴,落下
融合也是毁灭,毁灭也是融合
但是一个人要多久才能返回天空,在天空多久才
 要到
一个落下的过程
——当我把一段烟灰弹落,另一段烟灰已经呈现
我把一个人爱到死去
另一个已在腹中
雨落在不同的地方就有不同声响
没有谁消失得比谁快
没有谁到来得比谁完整
没有谁在雨里,没有谁不在雨里

2014 年 5 月 21 日

晚安,横店

快四十年了,我没有离开过横店
横店尾部很轻的方言,如风线下沉
一个人就是一个下沉的过程,包括庄稼,野草,
　兔子
和经过村庄的云

沉到地上,渗进泥土,悄无声息的
我不能说爱这寂静,和低于一棵狗尾巴草的宿命

一棵桃树开花,凋零,结果
一片庄稼生长,开花,结果,收割
这些一年年轮回,让我有说不出的疼痛
越来越沉的哀伤

在这无法成眠的夜晚,风在屋檐盘旋
而我落在这里,如一盏灯关闭的瞬间

我口齿不清地对窗外的田野说一句：
晚安

2014 年 3 月 6 日

莫愁街道

初春。夜色里老柳刚抽绿
从阳春酒馆出来,她就掐灭了烟头,她红色的指甲
一晃。火苗阴冷

爆米花的老头还在街口,白炽灯昏黄
谁会在深夜吃它呢?只有生活的残渣不停从嘴角
掉下

月季花没有开。等她注意到它
总是凋谢的时候
一朵花有两个春天是不公平的

手腕上的刀疤,月光照着会疼。汪峰嘶吼着
"我们生来孤独"
身体里的蛇放出来,不会咬到人,又回到体内

她看见另一个她：老公瘫在床上
他从来不知道他吃药的钱藏在她身体哪个部分
她在自来水龙头下洗去胭脂

那个瞎眼的算命先生还没有收摊
他隔一段时间就叫一声
——新年伊始，看命要紧啊

         2014 年 3 月 19 日

蛤蟆

你被"人间"骗了,你被"气急败坏"骗了
神安排了一场雨,从空气稀薄的高原
到万物枯萎的江南
一个人,他是故意不修胡子的
他的情人在绣花阁的二楼
五官玲珑,骨骼又小又脆
许多年,他在她门口徘徊,握着被塞到手里的
广告纸
他的身后是另一个女人
胸口的菜色浮上来又被摁下去
要许多年跟踪一个人是不容易的
体内的毒随时爆发
她已经厌倦以外貌取悦他
也厌倦了沉默,表达,看见他衰老的过程
只是她穿过灯火辉煌的街道
身体里的凉仿佛

恰到好处

2014 年 1 月 27 日

源

我爱上这尘世纷纷扰扰的相遇
爱上不停重复俗气又沉重的春天
爱上这承受一切,又粉碎的决心

没有一条河流能够被完全遮蔽
那些深谙水性的人儿,是与一条河的全部
签订了协议

——你,注定会遇见我,会着迷于岸边的火
会腾出一个手掌
把还有火星的灰烬接住

而我,也必沦陷为千万人为你歌颂的
其中一个
把本就不多的归属感抛出去

一条河和大地一样辽阔
我不停战栗
生怕辜负这来之不易又微不足道的情谊

哦,我是说我的哀愁,绝望,甚至撕心裂肺
因为宽容了一条河
竟有了金黄的反光

        2014年12月4日

听一首情歌

我总是想起那些叶子,想起它们落下的过程
然后它们就沉寂了,巨大的沉寂之声
让一个村庄再不敢说话

我想起穿过树叶的更为沉寂的夕阳
那些金黄色的哭泣
只为一种更为绚丽的金黄

我也想起雨,总会让时辰更为明亮
就那样下着
把悲伤撕碎了,落在叶子的正面

也有落在反面的
你会想到一个人。一个人的前胸
后背

那都是过去的事了。这拖拖拉拉的年岁
仿佛一直在那里
也似乎从来不在

假如我死了,一首歌还在回旋
假如我还能听见
现在,我就应该关掉它,不再打开

        2014 年 11 月 18 日

风吹虚村

不用唏嘘,花还在开。黄鹂还在枝头
春节时候三哥回来,问何时杨树萌芽
一岁一枯荣,不用急

羊群经过早晨,灰尘落在中午。一颗心没有脱离
　　身体
必有大福
看不见风的时候,风还在吹,一刻不停

土来自何方,桑树来自何方
爸爸你揭开屋檐一块瓦,儿女蹦出来
吓唬你

一个人身绑石头,才能沉进土里
但是土,还是在风里
我们去荆门城吧,那里人多,风的漏洞也多

我心涌悲伤的时候，大口吃饭
这种炫耀，唯有风知道

2014年3月3日

唯独我,不是

唯有这一种渺小能把我摧毁,唯有这样的疼
不能叫喊

抱膝于午夜,听窗外的凋零之声:不仅仅是
　蔷薇的
还有夜的本身,还有整个银河系
一个宇宙

——我不知道向谁呼救
生命的豁口:很久不至的潮汐一落千丈

许多夜晚,我是这样过来的:把花朵撕碎
——我怀疑我的爱,每一次都让人粉身碎骨
我怀疑我先天的缺陷:这摧毁的本性

无论如何,我依旧无法和他对称

我相信他和别人的都是爱情
唯独我,不是

2015 年 1 月 3 日

在田野上打柴火

后来,竟然哼起了歌,下午的阳光刚好打在喉咙上
"要好好地生活,一个人就够了。"我脱下鞋子磕土
突然爱上了自己小小的脚丫
它们在人世已经走过万里路啦,还是一副小模样
它包庇了一个个坏天气

我早该有一颗隐士心了
人间情事一丢,就有了清澈的骨骼
是否有一颗高贵的灵魂不是我在意的
田间小麦长势良好
喜鹊一会儿落在树上,一会儿落在地上

2014年1月22日

日记：我仅仅存在于此

蛙鸣漫上来，我的鞋底还有没有磕出的幸福
这幸福是一个俗气的农妇怀抱的新麦的味道，
　　忍冬花的味道
和睡衣上残留的阳光的味道

很久没有人来叩我的门啦，小径残红堆积
我悄无声息地落在世界上，也将悄无声息地
隐匿于万物间

但悲伤总是如此可贵：你确定我的存在
才肯给予慈悲，同情，爱恨和离别

而此刻，夜来香的味道穿过窗棂
门口的虫鸣高高低低。我曾经与多少人遇见过
在没有伴侣的人世里

我是如此丰盈，比一片麦子沉重
但是我只是低着头
接受月光的照耀

2014 年 5 月 18 日

苟 活

每天下午去割草,小巫跟着去,再跟着回来
有时候是我跟着它
它的尾巴摇来摇去

这几天都会看见对面的那个男人割麦子
见着我一脸诡笑地喊秀华姑娘
我就加快割草的速度
好几次割破了手指

这个上门女婿,妻子疯了二十年了
儿子有自闭症
他的腰上总是背着个录音机
声音大得整个村子都听得见

我的一只兔子跑到了他田里,小巫去追
但是他的镰刀比狗更快

他把兔子提回去以后
小巫还在那里找了半天

        2014 年 5 月 22 日

五月之末

它的灰烬还是万物葱茏,它的劫难依旧
休想结束!

一朵花开够了就凋谢,但是我不能
——衰老是多么残酷的一件事情,我竟如重刑犯
保持缄默

蛙声虫鸣浩荡,这样的夜晚我不看天空
也不看月亮(它是一触即破的虚影)
一声汽笛必然会响起
很多人举起手臂,无人可送

只有江水浩荡,不知时日
一个浪推动一个浪,如同一个岸
埋没一个岸

2014 年 5 月 27 日

月 光

月光在这深冬,一样白着
她在院子里,她想被这样的月光照着
靠在柿子树上的人,如钉在十字架上
有多少受难日,她抱着这棵柿子树,等候审判
等候又一次被发配命运边疆
月光把一切白的事物都照黑了:白的霜,白的时辰
白的骨头
它们都黑了
如一副棺材横在她的身体里

2014 年 12 月 7 日

浮 尘

真的,它靠不住,在风里不停西倾
而水面的倒影叠加在一起,你怎么能信任一个
溺水的人
一次次,她试图从身体里掏出光亮
掏出蜜
溺水之人身负重石。她不停地吹起气泡
让光在里面弯曲,再破碎,消逝
——这从来不被修改的过程
她只有不停地吹,掏心掏肺地吹
把命运透支了吹
——这也是一个无法修改的过程
可是,原谅她吧
她把远方拉进身体,依然有无法穿过的恐惧

2014 年 6 月 5 日

夜 晚

蛙鸣。虫吟。泥土呼吸。一个手电筒的光由远及近
一个人在夜里走动,偶尔遇见另外一个
不打招呼,各自走远

一些光是被关起来的。她试了几次
没有把它们放出去
一些光永远隐匿,在原野上保持站立

花草树木各自生长。各自潜伏,突袭
一座城市的通讯密码被修改
没有人发现

2014 年 4 月 27 日

渴望一场大雪

渴望一场没有预谋,比死亡更厚的大雪
它要突如其来,要如倾如注,把所有的仇恨都
　往下砸

我需要它如此用力。我的渺小不是一场雪
漫不经心的理由

我要这被我厌恶的白堆在我身上!在这无垠的
　荒原里
我要它为我竖起不朽的墓碑

因为我依然是污浊的:这吐出的咒语
这流出的血。这不顾羞耻的爱情,这不计后果的
　叩问

哦,雪,这预言家,这伪君子,这助纣为虐的叛徒

我要它为我堆出无法长出野草的坟

我只看中了它唯一的好处：
我对任何人没有说出的话都能够在雪底下传出

2014 年 12 月 29 日

每个春天,我都会唱歌

每个春天我都会唱歌,看云朵从南来
风再轻一点,就是真正的春天了

一个人在田埂上,蒲公英怀抱着小小的火焰
在春天里奔跑,一直跑到村外
而我的歌声他是听不到的

我总想给他打电话,我有许多话没说
一朵花开的时间太短,一个春天驻足的日子太少
他喊:我听不清楚,听不清楚

他听不清楚一个脑瘫人口齿不清的表白
那么多人经过春天,那么多花在打开
他猜不出我在说什么

但是,每个春天我都会唱歌

歌声在风里摇曳的样子，忧伤又甜蜜

2014年3月7日

人到中年

清明到来,我就 38 岁了,日暮乡关之感如针椎心
薄雾从村头飘来,坐在橘园里,一些病果尚在枝头
蒲公英又一次开出黄色的花,如一年一发的寂寞

能够思念的人越来越少。我渐渐原谅了人世的凉薄
如果回到过去,我确定会把爱过的人再爱一遍
把疼痛过的再疼一遍

但是我多么希望没有病痛的日子,一年或者一星期
在春天的风里跳舞,踮起脚旋转
他能看见也好,不能看见也罢

我只有一个愿望:生命静好,余生平安
在春天的列车上有人为我让座
不是因为我摇晃的身体

2014 年 3 月 16 日

在黄昏

我看见每一个我在晚风里摇曳
此刻,我的飘逸之态是一种形式主义的对抗
我追赶不上我的心了,它极尽漂泊的温暖和严寒
最终被一具小小的躯体降服。漏风的躯体
也漏雨

我看见每一个我在晚风里摇晃
在遥远的村庄里沉默地抒情,没有人知道我
没有人知道我腹腔的花朵,鸟鸣,一条蛇皮
没有人知道我体贴每一棵草
也没有人知道我的宝藏

每一个我在晚风里走动
从横店村的北头走到南头
她们和每一片树叶,每一棵小麦,每一条狗
每一个活着和死去的

打招呼

2014年5月7日

经过墓园

如同星子在黄昏,一闪。在墓园里走动,被点燃
　的我
秘密在身体里不断扩大,抓不住的火
风,曳曳而来,轻一点捧住火,重一点就熄灭我

他们与我隔土相望。站在时间前列的人
先替我沉眠,替我把半截人世含进土里
所以我磕磕绊绊,在这座墓园外剃去肉,流去血

然而每一次,我都会被击中
想在不停的耳语里找到尖厉的责备
只有风,在空了的酒瓶口呼啸似的呼啸

直到夜色来临,最近的墓碑也被掩埋
我突然空空荡荡的身体
仿佛不能被万有引力吸住

2014 年 2 月 28 日

五月·小麦

它们对我形成包围之势,白天举起火,夜晚淌成水
它们眷恋的也为我眷恋:田鼠,蟋蟀,麻雀
穿着爷爷衣服的稻草人

我在麦田中间,诚恳,坦率。负担爱的到来和离开
也负担亲人的到来,离开
低矮的屋檐,预备好了为途中的麦子遮雨

那些离开即为到来,我在河边清洗身体
她结实,饱满,蓄积了月光
——掏出

作为一个农人,我羞于用笔墨说出对一颗麦子的
　情怀
我只能把它放在嘴里
咀嚼从秋到夏的过程

慢慢咽下去,填满我在尘世的忧戚
以此心安理得地构建对一颗麦子的
反包围

2014年5月4日

一包麦子

第二次,他把它举到了齐腰的高度
滑了下去
他叹一口气,说去年都能举到肩上
过了一年就不行了?

第三次,我和他一起把一包麦子放到他肩上
我说:爸,你一根白头发都没有
举不起一包小麦
是骗人呢

其实我知道,父亲到九十岁也不会有白发
他有残疾的女儿,要高考的孙子
他有白头发
也不敢生出来啊

2014 年 5 月 12 日

麦子黄了

首先是我家门口的麦子黄了,然后是横店
然后是江汉平原

在月光里静默的麦子,它们之间轻微的摩擦
就是人间万物在相爱了

如何在如此的浩荡里,找到一粒白
住进去?

深夜,看见父亲背着月亮吸烟
——那个生长过万顷麦子的脊背越来越窄了

父亲啊,你的幸福是一层褐色的麦子皮
痛苦是纯白的麦子心

我很满意在这里降落

如一只麻雀儿衔着天空的蓝穿过

2014年5月18日

我想要的爱情

在五月之末,万物葱茏也不能覆盖
山水退让,而你若来,依旧被一个幻景溺灭

但是无法阻挡它被月光狠狠地照耀,越照越白
你看,我不打算以容貌取悦你了
也没有需要被你怜悯的部分:我爱我身体里块块
  锈斑
胜过爱你

许多时候,我背对着你,看布谷鸟低悬
天空把所有鸟的叫声都当成了礼物
才惊心动魄地蓝

我被天空裹住,越来越紧
而我依旧腾出心靠左边的位置爱你
真是一件不可思议的事情

2014 年 5 月 27 日

夜色落下八秒钟

忧伤未褪尽,甜蜜没有全部打开
或者反过来。

夜行都面临前途未卜,她对此充满信任
沉疴被推,那些不要命的标题
埋真相,更埋假象

唉,如此起伏着:允许一列火车开过来
却掏出更稠的黑
一个女人的爱情没有那么容易测量
夜色落下八秒钟,这是废话里关键的一句

什么都没有准备呢,一说到准备
她就脸红
我们这些暴徒,已经把八秒钟以后的夜晚
弄得如蹩脚的
陷阱

2014年5月28日

引 诱

他脱下春天,清晨。关闭花朵,甚至光亮
向秋天深处行走

落叶打在肩上,战栗是一种引诱
他的沉默也是
夕阳穿过脚踝,曲折着的光芒是引诱
他的微笑也是

甚至黄昏里,他去河里清洗身体
皮肤上的色斑也是

当他打开一个木匣子,纷纷扑向他的蝴蝶
蜜蜂,和已经筑好的蜂巢
他的不动声色
也是

2014 年 6 月 17 日

五 月

万物蓬勃。
牧羊人打开山谷,同时打开一群羊,一只老虎,
　一种对峙

——大地宽广到让人忧伤啊
我是能够在天空倒立行走的,但是我不

如何把身体里的闪电抽出,让黑夜落进来
让所有的来路拥抱归途,被月光狠狠地照耀

我必然有一种喧哗面对你
而用同等的沉默面对我自己

如果被一颗麦子连夜追回
这必定是幸福到耻辱的认定

2014 年 5 月 24 日

我们很久不见了

我去见你
白杨树芽紧握拳头
那个春天必然会受沉重一击

我不停旋转,抖落纷扬而来的灰烬
时间的灰烬,水的灰烬,烟的灰烬

我的肉体无法呈现我,这是必要的。那时候你不停
晃来晃去
如一个安分的老男人泄露的意外成分
让人悲悯

我们在做什么呢,事到如今也不能合力取下
伸到秋天外的一枚果实
哦,那么多冤枉的时辰

我太放任自己：遗忘比爱得更彻底
忘记你，也忘记再去爱。只对隔年没有落下的
黑皮的橘子着迷

       2014 年 8 月 31 日

出 口

钟情于夜色,直到多年后被掏空,星空依旧低悬
但是她不会再从胸膛里掏出星星,掏出深渊
生活一再粗糙,瓷碗在柜子里不再独自发出响声

不再有那么多忧愁,这虚幻的美。她停下的地方
有坍塌的煤矿,被遗弃的女人。而星光那么美
给这些一个温柔的否定

巨大的旋涡里,她照例选择对峙。一切修改
都是虚荣。正是因为浩渺,这虚荣本身就是
自己的否定

但是她纤细的身体随时抽出,在这样的夜晚
万物后退,给她留出一个宽阔的出口

2014 年 6 月 7 日

梦见雪

梦见八千里雪。从我的省到你的省,从我的绣布
到你客居的小旅馆
这虚张声势的白。

一个废弃的矿场掩埋得更深,深入遗忘的暗河
一具荒草间的马骨被扬起
天空是深不见底的窟窿

你三碗烈酒,把肉身里的白压住
厌倦这人生纷扬的事态,你一笔插进陈年恩仇
徒步向南

此刻我有多个分身,一个在梦里看你飘动
一个在梦里的梦里随你飘动
还有一个,耐心地把这飘动按住

2013 年 12 月 12 日

下 午

阳光褪去,天色转阴。倦意从屋顶铺下来
我被堆埋得越来越深
如一座矿场回到地深处,金黄的忧伤敛起光芒
时光的旋转中,捂紧内心的火焰

麻雀站在平庸的词上,鸣叫。闪烁小舌头
没有被巨大的寂静扑灭
我在这人间底部,着红装,仿佛被遗落的
一颗朱砂

这悲悯来自于哪里,必将回到那里
父亲在屋外劈柴。他始终没有堵住那个漏斗
而晃动成我在人间的
一个倒影

谁都知道流水在天空流动,翻卷无声

我那些散落在地里的苍耳
把一身的刺
都倒回自己的血肉

     2013 年 12 月 13 日

我还是想

我还是想和你一起去看：桃花，梨花，牡丹，玫瑰
也想和你一起听：屋檐的雨水，山间的溪流
和滑落新生树叶的露珠
我想和你一起淋一场雨，看人间污垢
从你肩头溅起，落进我眼底

一个春天过去了，我只是在这个小村子里
侍弄几棵矮小的植物
看它们一片一片吐出新叶，它们相互摩擦
又瞬间弹回
像我曾经扯着你的衣角
又颤抖松开

我已经很久没有给你寄过东西了
那些廉价的小东西，狗尾巴草一样
落在你办公桌上

多像一种心怀不轨

幸好是你。不然这人间哪配得上
一个女人的心怀不轨

                    2019 年 04 月 06 日

来世,让我做你的邻居吧

如果我在窗口挂条绿手帕,你就会知道
晚上我会去小酒吧。你会吹着口哨在我对面坐下
酒吧里的长笛声散落到院子里的葵花上
那些金色的颗粒挂了些在你的衣角上
哦,就算在来世,我也要做个粗糙些的女人
忧伤落在眼里也是戏谑的模样

年轻的时候,我们很少碰到
我不知道你怀抱的天空,你不知道我挂出的星辰
我一定暗恋过一个人,但是不知道他就是你
我一定把一个名字捂热过,但是不知道它就是你
直到中年,都放慢了脚步,慢慢熟络
偶尔会在镇上的小酒吧坐坐

你院子里有花有树,偶尔有陌生的女人来
我会一个人喝些酒,微醉后,再去找你讨些酒喝

我是一个粗糙的,不懂事的女人
心里有雷霆却滚不出雨水
也许有一天,喝过两杯后你问我
——这一辈子你哭过吗

下着雨的春夜

我该如何爱你呢,雨不停下着,仿佛从前世到来世
独独猫过了今生
我该如何爱你?风吹动岁月的经幡
近也不能,远也不能

雨不停地下着,淋湿经幡,淋湿梵音
淋湿一个女子千回百转的爱恋
我允许缘分独独猫过了今生。爱是无尽爱
情是不止情

在这样的下午,喜鹊鸣叫在树梢上
仿佛庆典你曾经来过
仿佛庆典我在你的注视里
再一次投胎为人

夜晚来临,我没有了:白天的热烈

像一条蛇,等你打我七寸
我不知道等待我的是一次粉身碎骨
还是一次脱胎换骨

2020 年 03 月 31 日

你陪伴着我

空气宁静。乡村进入深秋了
我在阳台上喝茶
对面那个单身老男人的阳台上空荡荡的

我有许多书籍。它们能够陪我余生
这些年的冤屈和侮辱
它们会在我死之前消散

有人试图把我赶离那些名利的夜市
这是我愿意的
我一直用颤抖的左手写着诗歌
这是多么让人沮丧的事情——
他们折磨了我这么久,像拷打生活的罪犯
却不能夺走我的铅笔

不能夺走我看见的天空
和落在我阳台上的麻雀
和走进下一个黎明的勇气

今天去老房子的时候
看到我曾经用过的一个电脑键盘
丢在干枯了的月季树边

——《是否就这样无理想地生活》

阳光照着屋檐，照着白杨树
和白杨树的第二个枝丫上的灰喜鹊
照着它腹部炫目的白

——《感谢》

其实我想说的是,黄昏里,我们一起去微风里的田野
看蒲公英才黄起来的样子
和那些草,用云朵搽过身体的样子

——《不要赞美我》

空了心的肉体沉重，在尘世悲哀地摇晃
我决定回到你那里，踏着暮色上路

——《致》

"我不介意怎样把自己安放进泥土"
她喃喃自语
她抬起眼睛看着远方

——《青青阶上草》

首先是我家门口的麦子黄了,然后是横店
然后是江汉平原
在月光里静默的麦子,它们之间轻微的摩擦
就是人间万物在相爱了

——《麦子黄了》

的确,雪从北方传来了消息
但是与我的村庄有多大关系呢
雪没有下,我的村庄也如此白了

——《冬天里的我的村庄》

那么多水汇集起来，仿佛永世不会枯竭
只有倒过来的天空，没有倒过去的海

——《那么多水，汇集》

辑三

我以疼痛取悦这个人世

当我注意到我身体的时候,它已经老了,无力回
　天了
许多部位交换着疼:胃,胳膊,腿,手指

我怀疑我在这个世界作恶多端
对开过的花朵恶语相向。我怀疑我钟情于黑夜
轻视了清晨

还好,一些疼痛是可以省略的:被遗弃,被孤独
　被长久的荒凉收留

这些,我羞于启齿:我真的对他们
爱得不够

2014 年 6 月 27 日

在村子的马路上散步

从村子中间向北,抵达"横店"小卖部再沿途返回
不会遇见更多的人,更多的车

一滴水在盆子里滚到那边,再滚回来
不会被看出销蚀的部分

夕阳悬在天边,欲落未落
那么大,刚好卡在喉咙。人间荒草荒凉着色

我从来不改变走路的速度
有时候急雨等在一场情绪的路口

一棵孤独的稗子给予我的相依为命
让我颤抖又深深哀伤

2013 年 12 月 16 日

岔路镇

我还是早到了。在你中年这一劫上,埋好伏笔

这陌生的小镇,落日沉重
随着你的接近,风里涌动着故乡的气味
嗯,我就是为了找到故乡才找到你
旅馆门前的秋色里,向日葵低垂

我一直设置谜语,让你不停地猜
让你从一朵向日葵里找到最饱满的籽粒
人生悠长
你一次次故意说错答案

我们走了多少岔路
于这晚秋的凄清里,才巧遇
我已准备好了炭火,酒,简单的日子
和你想要的一儿半女

2013 年 12 月 18 日

在风里

这不息的风,这吹进腰部的风
肉体落定下来,灵魂还在打转
一说到灵魂,我就想打自己两耳光
这虚有之物,这肉身的宿敌

不要让流言停止
不要让肉欲停止

只有万物的姿势蛊惑了你的心
它们是另一种静止,它们放下长远之心
它们在风里立正,只让影子四散,倒塌

一棵茅草又矮又瘦,仿佛不适应挂霜
它颤抖。不是冷,也不是抗拒
直到霜都不知不觉摇回了内心
才想要回,来不及的白

2013 年 12 月 24 日

雪

雪从午夜开始下。雪从一个人的骨头往里落
她白色的失眠越来越厚
"爱情再一次陷进荒谬,落在尘世上的影子多么单薄"

失眠是最深的梦寐,相思是更遥远的离别
人世辽阔
相聚如一只跷跷板,今生在一头,来世在一头

雪从午夜开始下。到黎明,她听到万物断裂的声音
包括碎成几段的河流
"来不了了。中年得慢慢行,他在小酒馆还没有醒来"

他们的约定和子女都在梦里,背风向阳
为了从梦里走进梦里,她慢慢熬药
不加当归

到了晚上，就能堆一个雪人了
她给他眼睛，给他嘴唇，给他大肚子
她不知道，如果他说话，他的方言会不会
吓她一跳

       2013 年 12 月 25 日

一朵野百合只信任它的倒影打开的部分

一朵野百合就是一个秘密通道,谁摸到,谁消失
一朵野百合也是一个喷涌的山泉,谁到来,谁溺亡

它混迹于五月,混迹到万物蓬勃,让缴械的危险
步步紧逼

但是它打开的部分是关闭的另一个途径
没有一种信任能让它停止在风里的摇摆

哦,你轻易说出了爱,说出一件白春衫
把月光都反投给了天空

一只羊故意让自己丢失,整个草原都走过了
对畜牧草的追寻是牧羊人的事情

五月凌乱,一朵花发出喊声就升到了天空

河流湍急,不过是有声的静止

2014 年 5 月 26 日

我知道结果是这样的

接下来是黄昏,然后是夜,越来越深的夜
一个女人离家出走:经过棉花地,水塘,越来越
　　多坟的墓地
——如何让尘世拴住自己的脖子
就知道如何让四肢倒立
(四肢倒立不是一个暗喻,也不会让你猜测)
哦,那些苦难恰到其分,春天构成的蜜恰到其分
我是说身外的苦难和不平越来越多
交出痛苦让我羞愧
保持冷静也让我羞愧
我直立和弯曲,结果一样,你看到的部分
也会一样
如果我在一条河里去向不明
我希望你保持沉默,在预定的时间里
掏出黎明

2014 年 6 月 2 日

一只水蜘蛛游过池塘

我停下来,镰刀握在手里,草静止在黄昏
——我是说一只水蜘蛛刚刚下水的时候我就看见了
它向对岸游动,迅速,没有一点迟疑
水面没有一丝波纹,它如同趴在一块玻璃上
嵌进了天空,云朵,树影的玻璃
如果是我,我一定停下了:它们不能诱惑我
为何到来
但是它,显然对这样的疑问没有兴趣
仿佛已经来回多遍
——连什么时候无风都是计算好了的

2014 年 6 月 8 日

你没有看见我被遮蔽的部分

春天的时候,我举出花朵,火焰,悬崖上的树冠
但是雨里依然有寂寞的呼声,钝器般捶打在向晚
　的云朵
总是来不及爱,就已经深陷。你的名字被我咬出血
却没有打开幽暗的封印

那些轻省的部分让我停留:美人蕉,黑蝴蝶,
　水里的倒影
我说:你好,你们好。请接受我躬身一鞠的爱
但是我一直没有被迷惑,从来没有
如同河流,在最深的夜里也知道明天的去向

但是最后我依旧无法原谅自己,把你保留得如此
　完整
那些假象你还是不知道的好啊
需要多少人间灰尘才能掩盖住一个女子

血肉模糊却依然发出光芒的情意

2014 年 6 月 10 日

在湖边散步的女人

云落在湖水里,她落在云上,树影落在她背上
这棕红的时辰,这泥质的时辰
这薄而脆的,一捅就破的时辰
在她前面摇晃

身体里没有酒杯,装不住风
这些年,她不再摇摆。不再把昨夜的雨
夹在裙褶里
走着走着,就走进一棵树里,被树梢挂起来

而人群摇晃
没有人留意一个空酒瓶一样的女人
也不知道一瓶酒
洒在了哪里

2014 年 7 月 5 日

一只乌鸦在田野上

它慢慢地,走过来,又走过去。并不关心天气
它的身体里有春夏秋冬,这个时候,北风劲吹
耻于南迁,耻于色彩。有翅膀就够了
生命迁移或不迁移都是同等的浪费

传来的消息是白色的。比如大雪或死亡
一些悲哀的事物庄严。一说就有了是是非非
如果过程再缓慢一些
也不妨找到一棵狗尾巴草内部的次序

在这个早春,寒潮第一次来袭
我什么话都说出了,面临重复的耻辱
风再一次吹来,而它没有消失
仿佛一种坚固的浸在水面下的信仰

从地上到一棵树上,或者从一棵树到地上

她自己先省略了被计算的部分
性别，对象。另外一只乌鸦飞过这个田野
产生的短暂的气流

          2014 年 2 月 3 日

平原上

不是一棵树没有。不是一栋房子没有
如果一列火车经过,许多房子就跑了出来
许多能活动的部分,蚂蚁,猪,误入歧途的乌鸦
人家稠密的地方是人间。人家稀疏的地方也是人间
在这个倒春寒里,雨落在平原上,那些弯曲的炊烟,
 一忽儿就飘散

晨雾弥漫。火车在一个小站停靠的时候
他看见一个女人从自己屋子的后门偷偷摸摸地出来
红色的裙子在风里摇摆
红色的疤痕在她的眉间,美和破坏都突兀
他看见她走进了一个树洞。他看见一团雾从树里
 飘出来

他不知道的是,她在树洞里刚刚完成了一幅画
画上大雾,而火车是黄色的

一个男人抽着烟,向窗外张望。他的眼睛里有
　一棵树
每次都是这样,她被她的男人打得遍体鳞伤
她就躲进树洞,画一幅画

          2014 年 2 月 5 日

那么多水,汇集

那么多水汇集起来,天空的蓝倒塌下来
她相信在海的下面还有一个天,飘着白云,阳光,
　咒语,棺材
如同爱,从头顶和脚底扣拢,在胸口拱出巨大的山
来的时候她说话,而以沉默的姿势归去
沉默,是遗忘和被遗忘的捷径,花朵凋谢,青蛇
　倒悬

她以为遇见一个人,就能让生命寿终正寝
如同水回流到水。过程不会留下湿痕
死亡如同蛊惑,而生亦如此
一夜之后,风平浪静,她爱的人在船头甜蜜亲吻
他们在铺开,不停地铺开,如同水打开了水

那么多水汇集起来,仿佛永世不会枯竭
只有倒过来的天空,没有倒过去的海

一只鸥飞了过来,死于沙滩
立刻不见
仿佛它从来没有飞翔过,从来没有把影子
留在水面上

         2014年3月13日

清明祭祖

午饭过后,父母去外公坟头
我跟他们走到岔路口,停了下来
外公,好多年我没有去看他了,这一次我又停在
　　半路

父母远了,小了
清明吊子在他们手里一闪一闪,阳光大好
油菜花也大好

大好的油菜花开得久了,香也淡了
春天惯有的悲伤若有若无
——我爱上了体内已根深的奴性

把一朵花嚼在嘴里的时候
看见几个人在高压电线的架子上作业
如几只蚊子叮在那里

他们不会"啪"一声掉下来的
这么想的时候
坟地里传来了噼里啪啦的鞭炮声

          2014年4月1日

在横店村的深夜里

只是现在,我们又一次陷进春天
多雨的,艳丽到平凡的春天。我爱它不过是因为
它耐心地一次次从大地上复活

横店村的春天,如此让人心伤啊
我们的每一朵花仅仅是为了一个无法肯定的果
当雨落下来,我听见杏花噗噗落地的声音

是的,它们落下的时候只有声音
姐姐你知道吗,春天里我是一个盲人
摸来摸去,不过是它呵出的鼻息

许多日子里,我都是绝望的,如落花
浮在水面
姐姐,我的村庄不肯收留我,不曾给我一个家

在这样的夜里,时间的钉子从我体内拔出
我恐惧,悲哀
但是没有力气说出

        2014 年 3 月 24 日

你我在纸上

单薄。一戳就破。一点就碎
我没有决定什么,却这样被安排了
但是秋天风大

路越走越危险,到深夜还不肯停下来
中年的隐喻错综盘结
却一说就错

热衷画图的人,有落叶,有秋果
我都给他看了
他看不到的是:一篮橘子下埋的另外

他粗犷,他温柔,他慈悲
哦,我愿意他危险
并涉及我

2014 年 10 月 19 日

风从草原来

风从草原来,在你的城市不停地打转
而呼声凄厉,在明晃晃的月光里
许多事情还没有经过就成为往事
逃逸之人留一把胡子,在街头晃荡
想给出的赞美,都被生生逼回内心
疼一疼就会过去

风从草原来,把一个城市困在风心
想看到的事物都被遮蔽
多少人一辈子过去了还没有活过
他慢慢吐烟圈,慢慢说话
把方言里粗犷的部分低音吐出
他不说疼
因为风吹过,无痕

2014 年 10 月 22 日

栀子花开

白成一场浩劫,芬芳成一种灾难
那些隐匿的声音一层层推出来,一层层堆积,再
　　散开
是的,无话可说了
白,不是一种色彩。而是一种姿态

每一年,如期而至的突兀:存在即为表达
反正是绚烂,反正是到来
反正是背负慢慢凋残的孤独:耀眼的孤独
义无反顾的孤独

那些喷薄的力从何而来?它不屑于月光
它任何时候都在打开,是的,它把自己打开
打得疼
疼得叫不出来

从它根部往上运行的火,从一片叶上跌落的水
还有万物看它的眼神
这些都是白色的
无法阻挡地白,要死要活地白

            2014 年 5 月 12 日

无 题

你能否来,打扫我的枯萎:把凋零的花扔出去
黄了的叶子剪除
但剩余的枝干暂且留着:芬芳过的途径要留着

——我的暮年就交给你了,这一颗皱巴巴的心
也交给你
你不能够怪我,为这相遇,我们走了一生的路程

所以时间不多,我们要缩短睡眠
把你经过的河山,清晨,把你经过的人群
都对我重复一遍

——你爱过的我替你重新爱了一遍
然后就打起了瞌睡
心无芥蒂

2014 年 5 月 14 日

五月,请让我蓝透

从一件裙裾,从裙摆掀起的风
从一个眼神,一次触碰,一个可能,一种意外
甚至,从一声叹息开始

允许湖水照耀我的行走,允许我袒露:
悲伤!
哦,悲伤,这蛊惑,这纯粹,这把往事一把抹平
　的神祇

这都是理所当然啊:黄昏的天空
摇摆在水中央的青荇
和在草篮子上被风翻动的书页

而我把自己交出去,交给这样的蓝
是怎样的一种执迷不悟

2014 年 5 月 31 日

青青阶上草

夕阳低于老槐树的时候,照到了她的鞋子上
鞋子上的牡丹已经暗淡
掩埋在台阶上的草色里

她扯了扯挂在台阶上的裙边
也扯动了黄昏和湖水
哦,湖水,只有他的身影还在波光里荡漾

风吹动皱巴巴的日记本
第五十三页上,他刚好把一截烟灰弹到了
她的手腕上

"我不介意怎样把自己安放进泥土"
她喃喃自语
她抬起眼睛看着远方

一段陈年的烟草香隐隐约约飘来
绕过老槐树
和她五十年守着一个诺言已经弯曲的身体

                                2014 年 6 月 5 日

白月光

比雨更狂暴,打下来,锤下来,这杀人的月光
能怎么白呢,能怎么叫嚣呢,能怎么撕裂,还能
　怎么痛
拒绝掩盖的就是一无是处的
地球从这一面转到那一面,能怎么照?

罪行也是这么白。不白到扭曲不放手
你举起刀子,我不闪躲。山可穷水可尽
谁不是撒泼无奈耗尽一生,谁不是前半生端着
后半生就端不住

哦,这让人恐惧的光,把虚妄一再推进
让我在尘世的爱也不敢声张
你尽情嘲笑我吧
就算你的骨头不敢放进月光一刹那

　　　　　　　　　　　　　　2014 年 8 月 31 日

神赐的一天

牵牛花把蓝都举在篱笆上,风从远方吹来
草木繁茂
每一种味道都穿过我,温润,甜蜜

那时候我在广袤的原野上,看见你的城市
反出的光芒
就知道你拎着一篮苹果过了马路

所有的提示都在这里了
这神赐的一天:你我安于人世
这是多珍贵的礼物

2014 年 9 月 1 日

秋

书信依旧未至。院子里的桐树落完了叶子
寒蝉凄切。
我还是喜欢在大片的叶子上写字,比米粒还小的
而爱,还是那么大,没有随我不停矮下的身体
矮下去
他还在那个灯火不熄的城市爱不同的人
受同样的温暖和伤害
朋友们说起他,我说都过去了
秋风在院子里转了一圈,也过去了
我还是每天打扫院子,想想他在人间
我打扫得很仔细

2014 年 9 月 4 日

请原谅,我还在写诗

并且,还将继续下去
我的诗歌只是为了取悦我自己,与你无关
请原谅,我以暴制暴,以恶制恶
请原谅,我不接受那些无耻的同情
这个世界上,我只相信我的兔子
相信它们的白
相信它们没有悲伤的死亡
做不做诗人我都得吃饭,睡觉
被欺负就会叫
我不得不相信:哪怕做一个泼妇
也比那些虚伪的人强

2014 年 9 月 7 日

九月,月正高

那些回乡的人,他们拥有比故乡更白的月亮
他们喜欢半路迷途,总是走不回去
他们的女人在村庄里快速老去,让人放心
枣树都凋敝在露里

村庄不停地黄。无边无际地黄,不知死活地黄
一些人黄着黄着就没有了
我跟在他们身后,土不停卷来

月亮那么白。除了白,它无事可做
多少人被白到骨头里
多少人被白到穷途里

但是九月,总是让人眼泪汪汪
田野一如既往地长出庄稼
野草一直绵延到坟头,繁茂苍翠

不知道这枚月亮被多少人吞咽过了
到我这里,布满血迹
但是我还是会吞下去

就是说一个人还能在大地上站立
你不能不抬头
去看看天上的事物

            2014 年 10 月 5 日

黄昏里

它不再开花了,院子里的忍冬
它不再开花的时辰幽深,温柔
这时候夕光落在它的顶冠
溢下来
漫不经心

漫不经心的还有风,扯着叶片儿
却不打算扯下什么

哦,我爱的是它旁边一些枯萎的叶片儿
不是它的叶片儿
它们经历过雨水和火焰了
它们的经脉透明

但是我知道更多的是
一棵不再开花的树为什么

还这样绿着

2014 年 11 月 30 日

深夜的两种声音

我的深夜里只有两种声音
冤鬼的嘶吼
余秀华的悲鸣

我爱着的只有两个男人
一个已经离去
一个不曾到来

我的清晨有两段光明
一段照我书写
一段照我洗浴

2014 年 11 月 30 日

阔叶林

我喜欢这已不着一叶的林子,喜欢林子里稀薄
　的秋
甚至,我也喜欢这里密集的哀愁
酝酿到此,恰到好处的哀愁

这是在鄂,在一个不为人知的村庄,一片树木
　集结的林
秋天的许多下午,我一个人在这里
仰望一小片一小片的天空

我想念那个不曾爱我的人。想念我的任性妄为
曾在半空摇摇欲坠
而那些,苍翠得让人不得不停下,凝视

落在地上的叶子越来越少了
每天晚上,我都会磕一磕脚

我也喜欢这多此一举的动作

2014 年 12 月 1 日

床

在这里,我度过了许多不该度过的时光
比如阳光好的中午,月季花在窗外啪啪打开
那只花猫在院子里打滚
有时候嘹亮的交谈,如同天空落下的云朵
我也不为所动

在床上的时光都是我病了的时光
我慢性的,一辈子的病患让我少了许多惭愧
有时候我想把一张床占满
把身体捶打得越来越薄。这时候总是漏洞百出
心盖不住肺

这张床不是婚床,一张木板平整得更像墓床
冬天的时候手脚整夜冰凉
如同一个人交出一切之后的死亡
但是早晨来临,我还是会一跃而起

为我的那些兔子
为那些将在路上报我以微笑的人们

      2014 年 12 月 4 日

感 谢

阳光照着屋檐,照着白杨树
和白杨树的第二个枝丫上的灰喜鹊
照着它腹部炫目的白

我坐在一个门墩上
猫坐在另一个门墩,打瞌睡
它的头一会儿歪向这边
一会儿歪向那边

阳光从我们中间踏进堂屋
摆钟似乎停顿了一下
继续以微不足道的声音
摆动

        2014 年 12 月 5 日

生活的细节在远方回光照我

一说到远方,就有了辽阔之心:北方的平原,
　南方的水城
作为炫目的点缀:一个大红裙子的女人有理由
把深井里的水带上地面,从黄昏倾流到黎明

源于今天的好阳光,我安于村庄,等她邂逅
我们的少年,中年,老年一齐到来,明晃晃的,
　银铃叮当
哦,这冬天的,不可一世的好阳光

他拍打完身上的煤灰,就白了起来
吸引他的却是黑。他不在地面上的时辰是金黄的
金黄得需要隐匿才合情合意

年轻的人啊,把自行车骑得飞快
他却故意拖延了几个时辰才敲响本身就虚掩的
　一扇门

2014 年 12 月 21 日

初冬的傍晚

阳光退出院子,退得那么慢
其间还有多次停顿,如同一种哽咽
北风很小,翻不起落在院子里的杨树叶儿
炉子上的一罐药沉闷地咕噜,药味儿冲了出来
击打着一具陈旧的病体
她蹲在院子里,比一片叶子更蜷曲
身体里的刀也蜷曲起来
她试着让它展开,把一块陈年的爱割掉
这恶疾,冬天的时候发炎严重

光靠中药,治标不治本
但是她能闻出所有草药的味儿
十二种药材,唯独"当归"被她取出来
扔进一堆落叶

2014 年 11 月 22 日

迎着北风一直走

开始的时候我昂着头,后来就低下了
这样的时候,他们应该点燃灯盏,但是没有。
树木和落叶都在奔跑,与我逆向

离开村庄,我觉得还能走很远
没有低悬的云朵挡住我的去路
也没有另外的村庄指引我的方向

哦,怀抱雷霆的悲伤的女人
闪电在身体里生锈,我不能掏出
为那些在一个个旋涡里看着我的人啊

这是一个御寒的过程
如同把血液洒在生存
把爱抵当给死亡

2014 年 11 月 23 日

葵花小站

夕阳的光挨着墙根,毛茸茸的青苔
你会看见一溜儿小风靠上去的样子
没有树木,天空湛蓝
异乡的任何一种蓝都可疑,如同虚空的漏洞

火车已经开走了,夕光落在铁轨上
一起锈迹斑斑了
车站里几个晃动的人没有相信火车会返回
的样子

左边不远就是沙漠
只有镇子上有开着的向日葵
并不光鲜
灰土土的

你不知道为什么会在这个站台下车

但是你却下了
你从这头走向那头
一些在风里旋转的纸屑一直跟着你

      2014 年 11 月 29 日

多么幸运,折断过我的哀伤没有折断过你

我不想让玫瑰再开一次,不想让你再来一遍
风不停地吹,春天消逝得快,又是初夏了
吹过我村庄的风吹过你的城市
流过我村庄的河流流过你的城市
但是多么幸运,折断过我的哀伤没有折断过你

偶尔,想起你。比如这个傍晚
我在厨房吃一碗冷饭的时候,莫名想起了你
刹那泪如雨下。
这无法回还的生疏是不能让我疼的
再不相见就各自死去也不能让我疼啊
陌生的人间,这孤独也不能叫我疼了

真是说不出来还有什么好悲伤
浩荡的春光里,我把倒影留下了
把蛊惑和赞美一并举起了

生命之扣也被我反复打过死结
然后用了整个过程，
慢慢地，慢慢松开

但是这个世界你我依旧共存
还是一件不可思议的事情

像风里的恍惚和叹息

像一棵柳生的丝瓜藤,像它纤柔的须子
颤抖着环绕住你

像风里的恍惚和
叹息

就是这被疏忽的命运。这小心翼翼
而不顾羞耻的绿

是这千帆过尽,万紫千红过后
倒映着灯火的一条水域

是在黄昏里轻轻对你招手
却无法承受你的一句探问

更像我自身为木的躯体

生长出意外之喜

也像打在这残疾之躯上
无法还击的一记玲珑的耳光

辑四

婚 姻

我为什么会有一个柿子,我为什么会有一个柿子

多少年,一个人在沼泽里拔河
向北的窗玻璃破了,一个人把北风捂在心头

"在这人世间你有什么,你说话不清楚,走路不稳
你这个狗屁不是的女人凭什么
凭什么不在我面前低声下气"

妈妈,你从来没有告诉我,为什么我有一个柿子
小时候吃了柿子,过敏,差点死去

我多么喜欢孤独。喜欢黄昏的时候一个人在河边
洗去身上的伤痕
这辈子做不到的事情,我要写在墓志铭上
——让我离开,给我自由

2014 年 3 月 10 日

冬天里的我的村庄

三叔跌跌撞撞跑来,又把牛放丢了
他说:我媳妇,我媳妇它不是回娘家了,它跟人
  跑了
他又说:牛背上落了一只乌鸦,我没逮到它

二叔的门关着,这个冬天他不会回来了
他的院子里落满了树叶子,在风里打了几转
落下来,再打了几转,再落下来

我一瘸一瘸地去帮三叔寻牛,空荡荡的村庄
风在这儿跌下来,在那儿跌下来
我跟着一只乌鸦的叫声跑

三叔喊:你听见了吗,听见了吗,要下雪了
下雪了,他们就找不到路
他们不会回来了

的确,雪从北方传来了消息
但是与我的村庄有多大关系呢
雪没有下,我的村庄也如此白了

           2014 年 3 月 29 日

背 景

数场雨,一棵树单薄了
太阳出来后,照着那些发暗生霉的叶子
真不招人喜欢了。
这么蓝的天扣在横店村的上面
这么白的云浮在白杨树的上面
新种的小麦晃出一层毛茸茸的绿
野草枯黄出让人心醉的时辰
我坐在田头,秋风都往怀里吹
麻雀儿一阵阵的,落下又旋起
它们落在横过麦田的电话线上,那么轻
不忍惊动远方传来的零星的消息

         2014 年 11 月 4 日

赞美诗

这宁静的冬天
阳光好的日子,会觉得还可以活很久
甚至可以活出喜悦

黄昏在拉长,我喜欢这温柔的时辰
喜欢一群麻雀儿无端落在屋脊上
又旋转着飞开

小小的翅膀扇动淡黄的光线
如同一个女人为了一个久远的事物
的战栗

经过了那么多灰心丧气的日子
麻雀还在飞,我还在搬弄旧书
玫瑰还有蕾

一朵云如一辆邮车
好消息从一个地方搬运到另一个地方
仿佛低下头看了看我

       2014年12月2日

今夜,我特别想你

但是,夜色和大地都如此辽阔,而我
又习惯被许多事物牵绊。整个下午我在熬一服中药
我偷偷把"当归"摘出,扔掉
——是远方的我走过来,撞疼了我

夜色里总有让我恐惧的声音。而我心有明月
——即便病入膏肓,我依然高挂明月
它让我白,让我有理由空荡
让我在这个地图上找不到的村庄里
奢侈地悲伤

只是一想到你,我就小了,轻了
如一棵狗尾草怀抱永恒的陌生摇晃
我无法告诉你:我对这个世界的对抗和妥协里
你都在
所以我还是无所适从

无法给这切肤之痛的心思一份交代

只是一想到你,世界在明亮的光晕里倒退
一些我们以为永恒的,包括时间
都不堪一击
我哭。但是我信任这样的短暂
因为你也在这样的短暂里
急匆匆地把你土地的一平方米
掏给我

        2014 年 12 月 26 日

每一个时辰都是孤独的

我只要一平米的孤独:一盏灯,一本书,一个
　疾病
这无人能涉足的一平米,这阳光照不进来的一
　平米
有井那么深,那么幽暗,绝望

他给我的光芒,被我藏起来:这好意
我不敢挥霍
我希望下一个春天照到我,还原这相遇的美意

我还是怀抱危险行走的女子。因为他的承诺
这危险我不敢再说出来
此刻,死亡是肤浅之事。我孤零零地活着

孤零零地活着。把一切病垢当良药吞下
不要再校正我的偏差

一个病人把病捂起来，是多么可耻的事情

2014 年 12 月 26 日

我想迟一点再写到它……

许多黄昏里,我朝任何一个方向都是逆光
我漫不经心地看着树木在水面上的倒影,直到
 完全黑透
我在黑暗里。风从松林里穿过:这爱的悲泣
一阵跌下梢头,一阵起于树根

绵绵不绝。

我想迟一点写到一个人,迟一点抬头看见星空
我想让这心中的块垒再重一点,直到塌下,粉碎我
多么绝望啊:我遇见了最好的
却不能给出一句赞美

2014 年 12 月 30 日

而夜晚

秋天到了这个时候,万物噤声
如果心里还有喧哗,就是一匹初愈的红马
它的去向让人悲伤。
你说悲伤了大半生,还不够吗
你说天边的弯月摘下来又能如何
是啊,黑暗无法抵御黑暗,疾病不能掩盖疾病
有人消逝,在云朵里一去不返
村庄的一棵大树被拔出,一个人的庄园
也血肉模糊了
我不知道为什么这么多夜晚能够平静地
写字
这温柔的凌迟
已不是最初的那根稻草。
如同我知道一个久病的人不能寻找良医
(这是耻辱。也被人耻笑)
但是寻找一个夜行人是好的

我准备好了亮闪闪的刀，遇见就会奉上

2014 年 10 月 7 日

在秋天

如我所愿,秋天咬了我一口
然后给我很长的时间,看我伤口发炎,流脓,愈合
它说:你这样的草民,还配疼一疼
还配这么慢调斯文地疼,然后把它交给落叶
在红月亮不落的国家,一些人把黎明裹在破衣裳里
把收获埋得很深,便于遗忘
他们在街头聚集,讨论没有颁布的国家法律
什么样的季节,就有什么样的法律
他们的脚心也有伤口
血从各个街道向人民广场汇集
秋风吹过他们的面颊
我唯恐认出我失散的那些亲人

2014 年 10 月 12 日

深秋

木门破了个洞
月光和狐狸一前一后进来,再这样出去
女人提着布裙子绕过台阶上的落叶
坐下来梳头
很慢地梳。
落在头发上的叶子,风一吹,落下来
面前的马路荒草丛生
邮差几个月没有来了。只有那铃声还在响
她不管它
慢慢梳头
头发很长了,几根白头发也很长
她对它们熟视无睹
面前的柳树落了一群麻雀,瞬间散去
台阶很冷,她站起来
开了门,又关上

2014 年 10 月 14 日

再见,2014

像在他乡的一次拥抱:再见,我的 2014
像在他乡的最后告别:再见,我的 2014

我迟钝,多情,总是被人群落在后面
他们挥手的时候,我以为还有可以浪费的时辰

我以为还有许多可以浪费的时辰
2014 如一棵朴素的水杉,落满喜鹊和阳光

告别一棵树,告别许多人,我们再无法遇见
愿苍天保佑你平安

而我是否会回到故乡
——一个没有故乡的人,怀揣下一个春天

下一个春天啊,为时不远

下一个春天,再没有可亲的姐姐遇见

但是我谢谢那些深深伤害我的人们
也谢谢我自己:为每一次遇见不变的纯真

2014 年 12 月 27 日

一直走

一直走,在漫漫黄沙里。看不出来落日的长
一直走,把水井横过来,把水都藏起来

会有一个小镇,是曾经遇见过的
包括一个已经枯萎的人

会找到内心杯口朝北的空酒瓶子
它迎风的呼啸一直在那里

如同一个人把脚印搁在梦里
直到他也进到梦里,把它带出来

一直走,在最北的北方触到南
还不要停下来

2014 年 11 月 20 日

张春兰

当年,她一袭红衣,顶着明月进横店村
杨柏林窗口的灯光被她抓住
贫瘠的日子照着更贫瘠的女人:没有祖籍
嫁人,逃婚

她很美!眼睛闪闪发光
杨柏林给了她一个家,她给了他一个儿子
他们一起下地干活,一起去村里打麻将
当然,同枕共眠

杨柏林不知道她半夜起来
对着村边的河水发呆
也不知道她眼睛里的东西叫做:忧郁
忧郁多高贵啊,农村人不适宜

他偶尔动手打她

她一言不发,她的眼睛闪闪发光
杨柏林绝望地
浇不灭这光

后来,她放火烧了他的房子
投案自首
杨柏林保她,她不出来

村里人问他的儿子:你妈妈哪儿去了
儿子说:她不回来了

        2014年4月21日

低 矮

麦子是低矮的,黄透的油菜也是
如果风不把草吹低
端着饭碗坐在田边的父亲是看不见的
麻雀打了几个旋,又落了回来
父亲说,不管哪个季节的蚂蚱都是蹦不高的

且别说一些野草野花,一些戴草帽的人
云都是低矮的,然后是白杨树
其实白杨树有几人高呢
但是被视而不见

低矮的东西风是吹不走的
父亲的六十年,我的三十八年

2014 年 5 月 5 日

给宝儿的一封短信

今晚没有月光,你从后门进来的时候
要磕掉脚上的泥巴,也要磕掉来路上的脚印
嗯,你以前做过什么我不在意
我们都是有罪的
今晚我们把这罪行之一重复一遍
你可以哭,却不要忏悔
嗯,夜很长,我可以多等一会儿
等你给你的傻女儿洗好,哄睡
等你从你妻子的坟墓上赶走那只乱叫的猫头鹰
等你和以前一样忘记为什么
来我这里
我把那燃了半截的蜡烛递给你
让你端着回家

2014 年 9 月 2 日

一只飞机飞过

巨大的轰鸣,不屑包裹云朵,不屑追踪错综复杂
　的历史
秘密是看不透的。它也不屑这晴朗万里的下午
你相信这个下午有风吗
你相信那些潮流没有任何预兆就过去了?
是的,从它隐隐约约的轰鸣
到我把自己稳妥地放在一块草地上
它就过去了
一池水波还在那样摇晃,几根芦苇继续漫不经心
它们空体里时间下落得缓慢

在一只飞机的眼睛里,夕阳浓重的村庄
一晃而过
不含俗世,不含被俗世埋得深的人

2014年1月24日

下雪了

说出这个事情,一切就结束了。而我不知道什么
　　事情
开始过
在鄂中部,等候一场雪只是一些麻雀儿的事情
这注定来了,然后过去。剩下的就是它们体内的
　　好天气了
只是我不止一次发现,我不如一只麻雀儿
喜悦,哀愁都是褪色的暗斑,提不起来
昨天夜里,听见雪打响窗棂,我突兀地叫出了
　　一个人的名字
身边的人无动于衷
当然他动不动,这个名字我还是会叫出来
一辈子在一个人的身边爱着另外一个人
这让我罪大恶极,对所有遭遇不敢抱怨
对身体的暗疾只能隐瞒
半夜,借手机的微光撒了一泡尿

听见雪嗞嗞融化的声音
我又一次感到，我是多么庸俗的一个女人
比如此刻，我的偏头痛厉害，眼泪不停地流出来
我只想逃脱这样的生活
和深爱之人在雪地上不停地滚下去
直到雪崩把我们掩埋

2014年2月6日

你只需活着

"你只需活着,上天自有安排"。我看见金银花萌芽
天气晴好了。几片云为天空的异乡客
多年来,我想逃离故乡,背叛这个名叫横店的村庄
但是命运一次次将我留下,守一栋破屋,老迈的
　父母
和慢慢成人的儿子
而儿子仿佛一个慢慢走近的客人,慢慢染上了我
　的体味

要说幸福,这恰恰是,刚刚好。
而我却一直深怀哀伤。如此隐匿,我自己也说不
　出口的
活着,如一截影子,从天空落进水里
一辈子在一起的人无法相爱,独自成活
是谁无法让我们对这样的人生说:不!

二月来了,"活"字开始动手动脚
我每天几遍打扫房子,仿佛阳光能干净地照进来
我养月季花,让它一次又一次地开
我养兔子,只给它一窟
她不高兴也无法背过身去(我是她的生活时
  我必定温柔与残忍并存)

更多的时候,我只是活着,不生病,不欲望,
  一日一餐
我已经活到了"未来",未来如此
一颗草木之心在体内慢慢长大
这是多么出人意料,也多么理所当然

2014 年 2 月 21 日

春 雪

雪下了,万物泛白。我不该想到更大的黑隐匿着
在一棵植物还没有发青的内部,没有多余的赞美词
雪,一片接一片下坠,以轻击重
没有迟疑

我从来没有仔细看过一片雪,它的形状,它的色彩
它来源的密码,它小于指尖的苍茫,或是大于
   天空的虚空
对它的到来,我过于泰然
不悲不喜

地有多白,雪就有多大。除此之外,我并无祈求
鸡在雪地上走来走去,人间温暖
我等雪化以后,出去走走
不把足印留下

2014 年 2 月 25 日

黎 明

微光透进窗,而把人拍醒的
是院子里的鸡鸣
在这冬天,还是能听到事物拔节
低沉浑厚的声音
因为这光,它们总有清醒的心

逆光而出,是薄霜覆盖的田野,是轻轻打开门楣
　的人间
是身边的一棵树慢慢推到远处
它最美的枝条依旧朝着东方

因为爱,又一次从死亡里拔腿而出的人
安放好心,安放好乳房
哦,黎明,是从两个乳房之间开始的
彼此照亮

在鸡鸣起落之间
一辆火车徐徐驶出站台
那些行色匆匆的人,背着故乡或他乡的黎明
雾气正一层层往下掉

而扔在旁边的一节病了的车厢
它的四角也有明确的光亮
真的
和我多像

        2014 年 12 月 20 日

掩 埋

夜色掩埋她，掩埋得很轻而不彻底
她是一次次复活的人：她熟谙死亡，熟谙生活
也熟谙这两者之间的心绞痛

那些花终于不再开了：如虚构的潮水退去
土地呈现本色：荒凉啊
荒凉的爱，荒凉的表达和身体里的次序

唉，一说到爱，就有濒临死亡的危险
除此，没有第二条表达途径
——她对这肉体和灵魂又一次不满

如同一次地震，让一个人死去，让一个人活着
让第三个人从废墟里诞生
她亦生亦死

唉，我什么也表达不了
危险的是这样的夜晚拒绝危险
发生

        2014 年 12 月 22 日

战 栗

云朵打下巨大的阴影。云朵之上,天空奢侈地蓝
这些头顶的沉重之事让我不择方向
不停行走

我遇见的事物都面无颜色,且枯萎有声
——我太紧张了:一只麋鹿一晃而过
而我的春天,还在我看不见的远方

我知道我为什么战栗,为什么在黄昏里哭泣
我有这样的经验
我有这样被摧毁,被撕碎,被抛弃的恐慌

这虚无之事也如钝器捶打在我的胸脯上
它能够对抗现实的冷
却无法卸下自身的寒

如果我说出我爱你,能让我下半生恍惚迷离
能让我的眼睛看不到下雪,看不到霜
这样也好

这样也好啊,让一个人失去
对这个世界的判别
失去对疼痛敏锐的感知

可是,谁都知道我做不到
爱情不过是冰凉的火焰,照亮一个人深处的疤痕后
兀自熄灭

         2014 年 12 月 23 日

去凉州买一袋盐

我被这样的荒谬击中,且不能自拔
我无法相信,高了几个纬度的食盐,会咸到
让我从此哑口无言
并对生活和爱情只字不提

真是让我愤怒:他说他是不可缺少的盐
我居然信了
但我不把它划分到信仰
——中年的夜晚孤寂,干燥。适合一杯淡茶

我偷偷去凉州了,在梦里兜兜转转
不停地说服扑到怀里的秋风
而且我不停地计算:一袋盐放在多宽的水域
才能形成浮力不淹死自己

2014 年 8 月 15 日

那个在铁轨上行走的女人

她捧着昨天的玫瑰,被夜露和月光浸淫
头部垂到秋天的,香味如流言消逝的
花

她不停地走,摇摇晃晃
太阳落在铁轨的那头。我想给她一个返程
可是不能

如果有一列火车,鸣笛惊醒她的恍惚
甚至把一个危险安插在她身边
也是好的

但是这锈迹堆积的铁轨许久不通车了
一段铁轨安全得
让人心碎

她知道这枯萎可以丢开,没有损失
但是她一直握着
如同她被许多年握着的样子

           2014 年 8 月 20 日

青草的声音

比起夏天,青草的声音迟缓多了
对这样的断裂不慌不忙,仿佛死亡揣了许久
每一棵草心都是空的

第二拨以后的草长势缓慢
老得匆忙
就这样迎来了秋天的第一场露水

我手上的伤口也在慢慢愈合

一篮草割满,坐下来休息
秋草还是比我高出许多
偶尔想起没有写完的诗歌
知道自己还有不可摆脱的矫情

但是蓝天白云下我曾经那样爱过

山山水水间我曾经那样走过
而青草年复一年
把人间覆盖得苍翠而低矮

我应该是在红尘受够了疼痛
才敢一刀一刀把它们还给大地
轻风
和黄昏

           2014 年 8 月 26 日

美好之事

为了爱你,我学着温柔,把一些情话慢慢熬
尽管我还是想抱着你,或者跳起来吻你

唉,你有什么吸引我的呢:一把胡子,胡子里还
　有虱子
你也不是四月,甚至连十月都过了
床笫之事未必会尽如人意
只有我这个不争气的女人,把人间的好都安在你
　身上
还想去偷去抢

——仿佛世间的美只配你享用
玫瑰不够,果园不够,流水和云不够
春天是不够的
你猜我在偷窃的路上会不会失足

哦，天哪，这是多么美好的事情，不要说出来
哦，如果我真的失踪了
你要常翻翻自己的身体：多出的一块疤痕
会不会无关紧要地疼

         2014 年 12 月 9 日

晴 天

阳光照在院子里,照在越冬的月季株上
从田埂上割草回来,镰刀掉在院子里,响声清脆

把手洗干净。也把脸洗干净
——一些皱纹让人满意:我总是在最深的夜里
把爱,把疼都压下去
粗糙地活着:偶尔耍泼,偶尔骂人

但是这深冬的阳光依旧出卖了我:我这温柔的部
　分啊
仿佛迎合了你在远方的反照

而你,从白雪覆盖的街道上走过
在一个门牌前停了很久
不知道这里的气候

2014 年 12 月 13 日

月光这么白

白到我不忍心揭开它的假象：罪恶被覆盖
善良被损伤
北方的大雪没有这么固执，这么凶狠
没有把一切事物都撂倒的决心
我穿得更厚，才敢从月光里穿过
我身体里的黑都在破碎，如死去多年的腐骨
同时破碎的是爱，恨
它们的混合之物在如此盛大的月光里
肮脏
想起我白天里活着的样子，也是月光
偷偷摸摸挨在阳光里的样子
如果我不喊疼
就没有人认出来

2014年12月28日

"我们总是在不同的时间里遇见"

半辈子过去了,你回复了一句:我在呢
你在,能否证明我在?
事隔长久的对照,小小的雷霆和火焰
在风里摇晃
你总是对的。但是我不能承认
你是甜的,但是不能中和我身上苦的味道
你说出爱,也无法打消我对人世的怀疑

你问我:怎么办?

雨水落下来,我都吞进肚里
但是屋前的河水一直往汉江里流,再到长江
我如果想见你就顺水而下。但是不能这么容易
不能
一辈子对于一份爱情太短了,连思念都不够
你在

这真是要命。而我的命与你无关
我要活着。这是最紧迫的一个问题

你在,真好啊

2014 年 9 月 25 日

徒有爱

雨水跟着青蛙一起回湖北,汉江水位上升
生锈的舟楫,零散的浮萍
卸下方言长久不语的人,扣紧袖口的西风
哥哥,你我都是漂泊之人啊
有时候故乡的月亮也让我不敢相认
此刻,我只想捧上新酒
喊一声:能饮一杯否?

如何送你远行,就有怎样的雾霭飘来
在重庆歇歇脚吧,去雾里看一个忧伤的妹妹
哥哥,替我抱抱她
我一个女儿体始终爱不过来另一个女人
她每疼一次,我也会叫一次
这喊声也是漂浮着的
不系石头,不能下沉
哥哥,你抱她的时候要忍住哽咽

我想在一条山路上一个人走走
去一个银杏树园看一个叫李敢的男人
他若给我水，我就喝下
给我果实，我也吃下
他不会问及我姓名，我就不说了
一个越来越老的人啊，往事越少越好
走的时候，我会深深鞠躬
他若哭泣，我就把这眼泪当做相认

           2014 年 9 月 29 日

在棉花地里

中午的时候,她直起腰来
秋风顺着脊背滑下去,坡下的草更黄了
几座坟茔裸露出来,四月的清明吊子还在

这是第三拨了,白灯笼密密麻麻挂着
她又一次相信
这些白聚集起来就能把日子照亮

她重新缠了手上的胶带
"我说过,生活掐在五指间
漏不出去"

背一袋棉花往回走的时候,她摔了一跤
她爬起来
天上没有一朵云
地上倒有很多

2014 年 9 月 29 日

一朵菊花开过来

总是有风。那些薄到好处的金属撞击出
的声响:被包裹了的钟咬住一个个回声
哪一条小路,都对应着教堂里的一个位置
不用说,一朵菊花是一个经文的翻译

我不是秋天里唯一被度化的人
却有着重生的可能
——否则那些摇来摇去没有坠下的颜色
不会到了午夜还在我血管里行走

肯定能听到一朵菊花安静时候的呼啸
但是这隐秘如同爱情的
需要怎样的情怀
才能预先包容秋天一开始的衰败

一朵花有果实的内心,一开始就含泪

于是把每个秋天都当做归期
才灿烂得
一败涂地

      2014 年 10 月 21 日

悬 石

我还是吓了一跳。瞬间泪流满面。
满怀哀戚,我绕过去。满怀哀戚,我又回来
多少日子,沉默压着沉默
我以灰烬拼凑的肉身,我以晚霞塑光的心

多么危险,多么重
这爱啊

2014 年 12 月 11 日

致

从我这里到你的城市,不止八千里吧
那一年我费尽周折去了,什么都没带
——我家乡的土特产,绵软的口音
甚至眼泪

回来后,发现我丢了一样东西在你那里
——我那么小的一颗心,那么小
许多年,你都没有发现它在那里

空了心的肉体沉重,在尘世悲哀地摇晃
我决定回到你那里,踏着暮色上路
从我这里到你的城市要走多久?
要跌倒多少次
还要面对多少诱惑

所以我允许你爱上不同的人

在你的房间做爱,在你的城市牵手
在空荡荡的街头含泪亲吻

——我有足够的耐心等待
等你驼着背拐过巷口
掸掉落在你头发上的雪花

天黑了,雨还在下

雨,汇聚在屋檐,落到院子里
雨还没落到地面上就变成了水
但至少有一半,它还是雨

雨落在院子里,响亮。白色的响亮
碎银子般,互相把光打在彼此身上
我在没有灯的房间里,听得见这光

也听得见芭蕉,蔷薇枯萎的声音
枯萎得那么美
仿若赞颂

许多夜幕降临的时候,我是这样度过的
只是这下雨的时候
更为寂静

寂静成一种危险
就深信有穿蓑衣的人从远方赶过来

2014 年 11 月 23 日

山 民

你把我灌醉,说镇上人群聚集。但我想着山里
　　的一棵槐木
你把我灌醉,说有人请我跳舞。但我想着山里
　　一棵落了叶的槐木

照着我的阳光,能照着槐木北面的小松鼠洞,
　　照着它慌张的母亲
才能被我赞颂

我是背着雨水上山的人,过去是,未来也是
我是怀里息着乌云的人,过去是,现在也是

你看我时,我是一堆土
你看我时,风把落叶吹散,我是一堆潮湿的土

2015 年 1 月 13 日

霜 降

再怎么逃,你的胡子也白了
早晨,窗外的香樟树有另外的反光
落在上面的麻雀儿有着和你我一样大小的心脏
我哆哆嗦嗦想把一句话说完整,还是徒劳
远远看去,你也缩小为一粒草籽
为此,我得在心脏上重新开荒了
我们白白流失了那么多好时光,那么多花朵绽开
　的黎明
而这中年,我不知道要准备多久
才能迎接你的到来
而此刻,你在守望一场纷纷扬扬的雪
烟灰不停地落下来
微微颤栗的空气里,你预感到远方的事物
枯黄的理由

2014 年 10 月 28 日

呼伦贝尔

草和落日。它们把世上的所有都交给你了
它的深奥在于平坦之处的隐匿,这样的隐匿让你
想把自己供出

什么都可以装进口袋携带:牛羊,蒙古包,马头琴
为它而来的人,因它而去的魂
除了地本身

这辽阔让你哽住。让你怀疑,让你哭喊而想把
　自己撕碎
甚至一棵草上的光晕
都有到来与离开的启示

这辽阔吞没的是更大的辽阔,不要说忧伤了
除非有人驰马而来
蒙上你的眼睛,劫你而去

2014 年 10 月 24 日

蔚 蓝

如这秋天,我们可以更远一点
也可以比这湖水,更深一点
这样,你可以老得更慢一点

世间一切值得悲悯的事物
都在广阔的蓝天下
被你的目光抚摸过

2014 年 10 月 16 日

风 吹

黄昏里,喇叭花都闭合了。星空的蓝皱褶在一起
暗红的心幽深,疼痛,但是醒着。
它敞开过呼唤,以异族语言
风里絮语很多,都是它热爱过的。
它举着慢慢爬上来的蜗牛
给它清晰的路径

"哦,我们都喜欢这光,虽然转瞬即逝
但你还是你
有我一喊就心颤的名字"

            2015 年 1 月 16 日

荡 漾

想到汉江,就有风从江面上吹拂而来
只有风流淌了许多年,而船只一直泊在岸边
不再下汉口,不再从鹦鹉洲边带回更大的船只的
　鸣笛

也容易想起多年前住在对岸的男子
我乘渡船去看他。
船只划出的水痕让人忘记水流的方向
那时候我腰身单薄,裙子宽松,压不住江面上的风

后来,桥修好了。我却没有去看过他
桥上的人来来往往
但是毫无疑问,许多人走到桥中间的时候
心会小幅度摇摆

2014 年 5 月 10 日

戒酒辞

想起来很久没喝酒了。
自从在他面前醉过以后,就再没喝了
今天下午阳光照在我脚上
我想起酒,想起那些喝酒的日子
以浓稠的虚空回应稀薄的虚空
以频繁的话语回应长久的沉默
以舞蹈扶正这身体的倾斜
以假乱真
多么忧伤而美好的日子啊
如今我不再喝酒了
对生活的腼腆愈加让我结结巴巴
没有一种流水能够冲开我身上的绳索
为了报答我对你的爱
我蜷缩成一个优雅的假人
而"我爱你"这几个字
因为酒后失言
已足够我忏悔后半生

我想这样和你一起生活

去一个偏远的村庄。如果你不介意
也可以来我这里
我想和你一起种下向日葵和玫瑰
我想和你一起披落日和秋风

你在你的房间里拨动地球仪,看海洋,山脊
你在你的房间里自言自语
吐出淡蓝的气息
偶尔想念过去的红袖盈香的姑娘

我在阳台上温酒,等你
风吹动晾晒着的我们的衣裳
它们廉价,柔软
风吹动阳台上的花草,它们也有醉意

偶尔,你会厌倦这清淡的岁月

去旅行吧
我会在这里等你
等千帆过尽,你缓缓而来

一些夜晚,让我拉着你的手入睡
如果我还颤抖,哭泣
请你相信,我不过是把这样的幸福
在梦里复述

离我最近的是雨声

我一直想给你写一封信,右手按住左手
写乖巧的字体
像不染风尘的少年。
如今我老了,你却还是生机勃勃的
你的面孔和身体都是明媚的
我的衰老与时间无关
但是我却老了
再没有指望了。我在下雨的夜晚
给你写信
刚写下你的名字
风吹了进来:纸张颤抖
我也颤抖着
雨打窗棂
这从天而降的事物
离破碎不足一秒钟

再 致

来不及爱,就得告别,像我遇见的那么多人一样
村庄里挂满了野柿子,下雪的时候
就会落下来

苦若深井,倒映月亮。像我遇见的那么多痛苦一样
深井里长满了苔藓,每一次向上爬
又掉下来

太薄了,这人生。这经不起推敲的情意
而你依然要一醉再醉
而天还是要一亮再亮

来不及爱,就这样告别。心疼你在伤痕累累的人
　身上
最锋利的刀
也划不出新的印痕

跋 摇摇晃晃的人间

余秀华

一直深信,一个人在天地间,与一些事情产生密切的联系,再产生深沉的爱,以至无法割舍,这就是一种宿命。比如我,在诗歌里爱着,痛着,追逐着,喜悦着,也有许多许多失落——诗歌把我生命所有的情绪都联系起来了,再没有任何一件事情让我如此付出,坚持,感恩,期待,所以我感谢诗歌能来到我的生命,呈现我,也隐匿我。

真的是这样:当我最初想用文字表达自己的时候,我选择了诗歌。因为我是脑瘫,一个字写出来也是非常吃力的,它要我用最大的力气保持身体平衡,并用最大力气左手压住右腕,才能把一个字扭扭曲曲地写出来。而在所有的文体里,诗歌是字数最少的一个,所以这也是水到渠成的一件事情。

而那时候的分行文字还不能叫做诗歌,它只是让我感觉喜欢的一些文字,当那些扭扭曲曲的文字写满一整本的时候,我是那么快乐。我把一个日记本的诗歌给我老师看的时候,他给我的留言是:你真是个可爱的小女生,生活里的点点滴滴都变成了诗歌。这简简单单的一句话让我非常感动,一个人能被人称赞可爱就够了。我认定这样的可爱会跟随我一生,事实也是这样。

于我而言,只有在写诗歌的时候,我才是完整的,安静的,快乐的。其实我一直不是一个安静的人,我不甘心这样的命运,我也做不到逆来顺受,但是我所有的抗争都落空,我会泼妇骂街,当然我本身就是一个农妇,我没有理由完全脱离她的劣根性。但是我根本不会想到诗歌会是一种武器,即使是,我也不会用,因为太爱,因为舍不得。即使我被这个社会污染得没有一处干净的地方,而回到诗歌,我又干净起来。诗歌一直在清洁我,悲悯我。

我从来不想诗歌应该写什么,怎么写。当我为个人的生活着急的时候,我不会关心国家,关心人类。当我某个时候写到这些内容的时候,那一定是它们触动了,温暖了我,或者让我真正伤心了,担心了。一个人生活得好,说明社会本身就是好的,反之亦然。作为我,一个残疾得很明显的人,社会对我的宽容度就反映了社会的健全度。所以我认为只要我认真地活着,我的诗歌就有认真出来的光泽。

比如这个夜晚,我写这段与诗歌有关的文字,在嘈杂的网吧,没有人知道我内心的快乐和安静。在参加省运会(我是象棋运动员)培训的队伍里,我是最沉默寡言的,我没有什么需要语言表达,我更愿意一个人看着天空。活到这个年纪,说的话已经太多太多。但是诗歌一直跟在身边,我想它的时候,它不会拒绝我。

而诗歌是什么呢,我不知道,也说不出来,不过是情绪在跳跃,或沉潜。不过是当心灵发出呼唤的时候,它以赤子的姿势到来。不过是一个人摇摇晃晃地在摇摇晃晃的人间走动的时候,它充当了一根拐杖。

图书在版编目（CIP）数据

月光落在左手上／余秀华著．－－北京：北京十月文艺出版社，2020.9（2025.4重印）
ISBN 978-7-5302-2070-2

Ⅰ．①月… Ⅱ．①余… Ⅲ．①诗集-中国-当代 Ⅳ．①I227

中国版本图书馆CIP数据核字（2020）第158213号

月光落在左手上
YUEGUANG LUOZAI ZUOSHOU SHANG
余秀华 著

出　　版	北京出版集团 北京十月文艺出版社
地　　址	北京北三环中路6号
邮　　编	100120
网　　址	www.bph.com.cn
发　　行	新经典发行有限公司 电话（010）68423599
经　　销	新华书店
印　　刷	山东韵杰文化科技有限公司
版　　次	2020年9月第1版
印　　次	2025年4月第19次印刷
开　　本	787毫米×1092毫米　1/32
印　　张	9
字　　数	65千字
书　　号	ISBN 978-7-5302-2070-2
定　　价	58.00元

质量监督电话　010-58572393
如有印装质量问题，由本社负责调换

版权所有，未经书面许可，不得转载、复制、翻印，违者必究。